RYU

柴田哲孝

祥伝社文庫

目次

プロローグ

夜明けとともに潮が引きはじめた。

それまで止水のように静かだった水面が、海に向かって少しずつ動きだした。河口に砂泥《さでい》の浜が浮き上がった。それを待ちかねていたように、どこからともなくトントンミー（トビハゼ）が集まってくる。水の中に棲《す》めなくなったその小魚は、マングローブの根元に群れをなし、しきりに餌《えさ》を漁《あさ》りはじめた。

尾鰭《おびれ》を巧みに使い、砂泥の上を活発に跳《と》び回る。岩やマングローブの根によじ登り、頭上に突き出した大きな目を動かして周囲を見渡す。何か動くものを見つけると、また砂泥の浜に下りてそれを追っていく。

小さなカニや、砂泥の上に取り残された水棲《すいせい》昆虫などが彼らの餌になる。体には不釣り合いなほど大きな口を開き、動くものになら何でも食い付き、その中に収めていく。

空から海鳥が一羽、群れの中に舞い降りてきた。翼を広げた大きな影が朝日を遮ると、トントンミーの群れは慌ただしく四散した。海鳥は足元の逃げ遅れた一匹を長い嘴《くちばし》で挟み、しばらく水辺でいたぶって弱らせ、それを呑《の》み下した。

人影に気づいて、海鳥が空に飛んだ。

海保義正《かいほうよしまさ》は、投網《とあみ》を手にさげて砂泥の浜を歩いていた。引き潮の晴れた朝には、畑仕事に出るまでの小一時間、必ず河口に出て網を打つ。それが海保の長年の日課になっている。

以前はかなり魚が捕れたものだが、最近はめっきり獲物が少なくなった。今日も何を捕ろうという目的があるわけではなかった。エビや小魚でも網に入れば、晩酌の肴《さかな》のたしになる。その程度の漁だった。

手頃《てごろ》な足場を見つけて、網を打った。足元に引き寄せると、何匹かの小魚が入っていた。

すべてテラピアだった。海保はそれを網から外すと、無造作にマングローブの中に投げ捨てた。

最近はこのアフリカ原産の奇妙な魚が、沖縄全土に増えている。以前は島の南部にしかいなかったのだが、そのうち北部に進出し始めた。この安佐次《あさじ》川でも、二～三年前から姿を見かけるようになってきた。

那覇《なは》市から南の川やダムには、ほとんどこのテラピアか、アメリカ産のブラックバスしか棲んでいない。沖縄原産の魚は、ほとんどの淡水域で絶滅しているらしい。そのうち安佐次川も、テラピアばかりになってしまうのだろうか。

子供の頃から慣れ親しんできた魚は、すべて姿を消してしまうのだろうか。そう思うと、一抹の淋《さび》しさを感じた。

それぱかりではない。ここのところ、安佐次の村では不思議な出来事が相次いでいる。農家で飼われているブタやアヒルが、何者かに盗まれる。海保の家でも、五年飼っていた雑種の犬が姿を消した。同じ村の者の仕業とは考えられないが、原因はわからない。

〝ガイジン〟の仕業だろうか。半年ほど前から、軍の関係者と思われる人間が、何回にもわたって村の中をうろついているのを見かけた。彼らは軍服ではなく、私服を着ていた。見たこともないような機械を持っていたこともある。

まさか……。

軍関係の人間が、そんなつまらない悪さをするとは考えられない。それよりも、村の近くに軍の施設ができるのではないかと思うと、その方が心配だ。ブタやアヒルどころの騒ぎではなくなる。

アヒルを盗《と》られた金城《きんじょう》のトウスイ（老人）は、クチフラチャ（沖縄の伝説に残る双頭の竜）が食っちまったのだと言っている。村の者は誰も相手にしていないが、本人は安佐次川の中を泳ぐ竜を見たと触れ回っている。確かに昔から、そんな話はよくあった。だがそのような怪物を見るのは、いつも子供か老人に限られている。

実際にいるのなら、見てみたいものだ。

少し離れた水面で、小魚が跳ねた。何か大きな魚にでも追われているらしい。

何かいるのだろうか。

海保は小走りにそこへ移動すると、小魚が跳ねた辺りに網を打った。確かな手応えが伝わってきた。浜に上げると、四〇センチほどの見事なオニカマスが入っていた。海保はそれを網から外すと、小刀を取り出して野締めにし、それを腰の魚籠《びく》に納めた。

気がつくと、太陽が熱い時刻になっていた。そろそろ畑に出なくてはならない。安佐次川の水は、昨日までの大雨のためにまだ濁りを含んでいる。これ以上は漁果も期待できそうにない。海保は網を整え、帰り支度をはじめた。

その時、何気なく川の上流に目をやった。

いままでは気がつかなかったが、ボートが一艘《そう》、川面《かわも》に浮いていた。この村では見かけないアルミのボートだ。〝ガイジン〟か、それとも旅行者のものだろうか。船尾には小さな船外機が付いている。

様子がおかしい。人の気配がない。

ボートは緩やかな安佐次川の流れに漂いながら、少しずつ海保の立つ場所に近づいてきた。

海保は腰まで流れの中に入り、ボートが来るのを待った。投網を振り、錘《おもり》をボートの縁に引っかけて自分の元に引き寄せた。

思ったとおり誰も乗っていなかった。船底には小型のカメラやロープ、軍放出品の懐中電灯などが散乱している。船底にはかなり水も溜《た》まっていた。

何かあったらしい。

事故だろうか……。

海保はボートを浜に引き上げると、人を呼びに村に向かって走った。

誰もいなくなった浜に、またどこからともなくトントンミーが集まりだした。ボートの周囲で、何事もなかったかのように餌を漁りはじめた。

第一章　不鮮明な写真

1

八月四日、アラスカ――。

州最大の都市アンカレッジから三〇〇キロほど南に下ったところに、ソルドナットという小さな町がある。キングス・ロッジは、そこからさらにビーバー（軽飛行機）で二〇分ほど飛んだ原野の中に建っていた。

ロッジの前を、レイク・クリークと呼ばれる川が流れていた。川は浅く、広く、蛇行《だこう》しながらツンドラを抜け、やがてキーナイ川と合流する。そして長い旅の末に、太平洋へと至る。

レイク・クリークは、キング・サーモンの遡上《そじょう》する川として知られていた。毎年五月から六月にかけてファースト・ラン、そして七月にはさらに大きなセカンド・ランがある。このセカンド・ランを目指して、全米はもとより全世界から釣り人が集まることでも知られている。

キングス・ロッジも、シーズン中は釣り人で賑《にぎ》わっていた。だが七月三一日をもってアラスカはキングサーモンの禁漁期に入り、いまはロッジの周辺も閑散としていた。この時期はレイク・クリークのどこを探しても、ロッドを振る人の姿はない。何頭かのアラスカ・グリズリー（ハイイログマ）が、遡上の遅れたサーモンを狙い、水辺でたわむれる姿があるだけだ。

キングス・ロッジの裏手には、数キロにわたって針葉樹の森が広がっていた。その森の中を、三人の男が歩いていた。先頭を行くのはサム・ブラニガン。キングス・ロッジのオーナーだった。その太い腕には、レミントンのＭ７００ボルトアクション・ライフルが握られている。

有賀《ありが》雄二郎《ゆうじろう》はその後方に続いていた。肩にはやはり、レミントンのライフルが吊《つ》られていた。その二人から一〇メートルほど遅れて、コリン・グリストがついてくる。コリンは二人とは違って、首から二台のニコンＦ２を下げていた。

「おーい、ちょっとゆっくり歩けよ。おれは山歩きは苦手なんだ」

コリンが情けない声をあげた。だが、前を歩く二人は何も答えない。水気を含む冷たい大地を踏みしめながら、黙々と歩き続ける。顔には、悲痛と焦燥が浮かんでいた。コリンは太い木の幹に寄りかかって一息つくと、小声で悪態を並べ、また仕方なく歩きだした。

しばらくして、先頭を歩くサムが立ち止まった。その場にしゃがみ込み、手で草を分ける。まだ真新しいグリズリーの足跡があった。

「やはりな。南に向かっている」

サムが呟《つぶや》くように言った。

「リズのか」

有賀が上から覗《のぞ》き込んだ。

「そうだ。間違いない。左の前肢《まえあし》の指が一本欠けている。三年も一緒に暮らしたんだぜ。ひと目見ればわかるさ」

サムは手に握った草を地面に叩《たた》きつけると、また歩き出した。有賀もその後に続いた。

「なあ、サム。お前、グリズリーを撃ったことあるのか」

有賀が訊《き》いた。

「いや、一度もない。だが人間ならあるぜ。ナム（ベトナム）でな」

「オレが撃とうか。やりたかないだろう」

「いや、自分で撃つ。オレとリズの問題だ。自分で決着をつける」

有賀はそれ以上、何も言うことがなかった。サムの気持ちは痛いほど理解できる。自分も犬を一匹、飼っている。もう、かれこれ四年以上の付き合いになるが、その犬、ジャックを自分で殺すことを想像すると、どうにも心のやり場がない。ましてや他人の手を借りるなど、考える気にもなれない。

リズは三歳になる雌《めす》のグリズリーだった。まだ生まれて間もない頃、密猟のベアー・トラップ（トラバサミ）にかかっているのをサムが拾ってきた。母熊を探したが、見つからなかった。左前肢にひどい怪《け》我《が》をしていたので、そのまま逃がすわけにもいかなかった。仕方なくロッジの裏に広い檻《おり》を作り、州の許可をとって飼うことにした。

傷も治り、リズは見る間に成長した。グリズリーとしてはきわめて性格も穏やかで、人にもよく馴《な》れた。餌代はばかにならなかったが、釣り客にも人気があり、ロッジのいい宣伝にもなった。それに何よりも、サム自身がこの雌熊を気に入っていた。

ところが二カ月ほど前、酒に酔った釣り客がリズの檻の鍵《かぎ》を開けてしまった。最初のうちはサムも楽観していた。しばらくはロッジの周りをうろついていたこともあり、檻を開けておけばそのうち自分から帰ってくるだろうと思っていた。檻の中に餌を置いておき、腹を減らして中に入ったところで扉を閉めてしまえばいい。簡単なことだ。

だが、リズは戻らなかった。一〇日もたつと、ロッジの近くにも姿を現さなくなった。

人間に飼われたグリズリーは、自分で餌を捕ることができない。最終的には家畜や、最悪の場合には人間を襲うようになる。その前に殺さなくてはならない。それはグリズリーを飼った人間の、義務でもある。

森を抜けると、開けた場所に出た。広大なツンドラの上に、夏のベルベットのような緑が広がっている。その真ん中に、ポツンと黒い影が見えた。サムはレミントンのボルトを少し引き、チャンバーの中に30－06のカートリッジが装塡《そうてん》されていることを確かめた。

「あれがそうか」

有賀が尋ねた。

「そうだ。リズに間違いない」

サムが答えた。

「どうしても殺《や》るのか」

「ああ、そのつもりだ」

「リズは頭がいい。現に二カ月も自然の中で暮らしているんだから、自分で餌を捕っている証拠じゃないか。心配することないんじゃないのか」

「いや、そんなことは有り得ない。ここには釣り客も来る。近くにイヌイット(アメリカ先住民)の村もある。いままで何も起きなかったのが不思議なくらいなんだ。冬になって餌がなくなれば、奴は何かをやらかす。リズに人を殺させるわけにはいかない」

「そうか、わかったよ……」

サムと有賀はコリンが追いつくのを待って、ツンドラの上を歩きだした。柔らかな土の上に、リズの足跡が点々と続いている。一歩進むたびに、三人のソレルのブーツが深くツンドラに沈み込み、その重さが肩にのしかかる。リズは三人に気がつくこともなく、無心に土を掘り返している。

あと五〇メートルほどのところまで来た時に、サムが立ち止まった。

「リーズ……」

声を張り上げた。その声が、近くの森に木霊《こだま》した。まだ三歳になったばかりの雌熊は、サムの声を聞いて初めて顔を上げた。後肢だけで立ち、体を伸ばして鼻を天に突き出し、風の中に匂《にお》いを探している。懐かしいサムの気配を見つけ、戸惑っているように見えた。

サムはツンドラの上に膝《ひざ》を落とした。ライフルを構える。スコープの中で、リズが見つめている。その心臓に狙いを定めた。

「リズ……」

口の中で、小さく呟いた。指がトリガーにかかる。その瞬間、サムは思わず目を閉じた。

轟音《ごうおん》が大気を裂いた。

リズの肩から赤い血煙が舞い、もんどり打って倒れた。だが、リズはすぐに起き上がった。

サムは慌ててボルトを引き、次弾をチャンバーに送り込んだ。手が震えている。今度はリズの頭を狙い、トリガーを引いた。だがそれも、リズの耳を吹き飛ばしただけで終わった。

リズはまだ立っていた。目の色が変わっていた。それは人に馴れた熊の穏やかなものではなく、野生のグリズリーの狂暴な光をおびた目の色だった。

リズが、大地を揺るがすような叫び声を上げた。

四肢でツンドラを蹴《け》ると、三人の男たちに向かって突進した。

「くそっ」

サムは必死で次弾を送り込もうとする。だが、うまくいかない。グリズリーは五〇メートルを五秒そこそこで走り切る。もう目の前まで迫っていた。いまはリズに対する愛情よりも、恐怖が先に立っていた。

その横で、有賀のライフルが火を噴いた。30－06の小さな鉛の塊は、リズの眉《み》間《けん》に穴を空け、脳を木っ端《こっぱ》微塵《みじん》に砕いた。二〇〇キロ近い体が宙に浮き、ツンドラに叩きつけられた。

そして動かなくなった。

「すまなかった。手を出したくなかったんだが……」

有賀が言った。

「いや、おれが悪いんだ。二人を危険な目に遭わしちまった。リズだってグリズリーだということを忘れていたよ。借りができちまった……」

「そんなことはない。おれだってジャックを撃てと言われたら、おそらく、一〇フィートの距離だって当たらない」

「おれは写真も撮れなかった……」

後ろでコリンが口を出した。彼は泥まみれのカメラを首に下げたまま、ツンドラの上にへたり込んでいた。

「お前、プロのフォトグラファーだろう。ベア・ハンティングの写真でひと儲《もう》けするんじゃなかったのか？」

有賀が言った。

「いや……。そう思ったんだが、リズとは知らない仲でもないしな。撮ったとしてもその写真を雑誌に売る気にはならんよ。売れない写真は撮らない。つまり、その……。おれはプロだからな……」

その苦しい言い訳を聞いて、サムが笑った。久しぶりの笑顔だった。

ツンドラの上に横たわるグリズリーの屍《しかばね》を囲み、三人の男たちが立った。胸に帽子を抱き、しばらく無言で佇《たたず》んでいた。リズの目からは先程までの狂暴な光は消え、いまは穏やかに南の地平線を眺めているようだった。

「こいつは、南の山で生まれたんだ。そこで罠にかかって……」

サムが言った。しかし、そこから先は言葉にならなかった。

もうすぐ、アラスカの短い夏は終わる。ひと月もしないうちに最初の雪が舞い、ツンドラは元のように凍りつく。その前に、やらなくてはならない仕事がある。地面が凍る前に、リズの屍を埋めてやらなくてはならない。

「とりあえずロッジに戻ろう。熱いコーヒーでも飲もう」

有賀が言った。

太陽が西の空に傾きかけていた。風も冷たくなっていた。

男たちはその風の中を、ロッジに向かって歩きだした。

2

平穏な時が流れた。

週末になるとドリーバーデンやアークティック・チャーを狙う釣り人がロッジを訪れるが、平日は誰もいない。カリフォルニアから出稼ぎに来ていた若いガイドも、キングの禁漁とともに姿を消した。いまはサムと有賀、コリン、そしてサムの妻のシンディーだけがこのロッジに残り、間もなく訪れる秋の気配を静かに嚙《か》みしめていた。

シンディーは気丈な女だった。そのどっしりとした体軀《たいく》のように、物事に動じない。

リズが死んだ夜も、彼女は涙ひとつ見せなかった。ただサムの言葉に黙って頷《うなず》き、男たちのテーブルにジャックダニエルを一本置いた。彼女がやったことは、それだけだった。

リズが死んだ翌日、男たちはスコップを手にしてロッジを出た。日が沈んでからロッジに戻り、静かに酒を飲んだ。以来、リズのことは誰も口にしなくなった。

数日後、サムは一度ソルドナットの町に出かけると、材木を大量に買い込んできた。雪が降り始める前に、母屋を拡げて客室をいくつか作るつもりだった。客のいない日には、朝から日没まで大工仕事で汗を流した。有賀とコリンも、何も言わずにそれを手伝った。

有賀はキングス・ロッジの居候《いそうろう》の身だった。釣り客の多い日にはガイドを買って出ることもあるが、それ以外にはやることもない。サムの大工仕事を手伝うのは、いろいろな意味で都合がよかった。

二年前にフロリダに流れ着いて、それ以来カリフォルニア、コロラド、カナダと回ってきた。荷物はごくわずかの所帯道具とカメラ一式、釣り道具。そして日本から連れてきたジャックという名の雑種の犬が一匹。それだけだった。生活のすべてをポンコツのピックアップに放り込み、放浪の旅を続けている。

行く先々で釣りをしたり、面白いことに首を突っ込んだりしてその記事を書き、日本の雑誌社に送る。金が入ると、またあてもなく次の町を目指す。そのようなことをしているうちに、アラスカのキングス・ロッジまで流れてきた。ここでもサーモンやドリーバーデンなどの釣りに関する記事を書き、そのまま何となく居すわってしまっていた。

だが、その生活にも、そろそろ別れを告げなくてはならない。雪が降れば、ロッジは無人になる。サムはアンカレッジの家に帰り、翌年の春までは長距離トラックのドライバーに戻る。

一度、日本に帰ろうか。それとも、このまま旅を続けるか。有賀は迷っていた。日本には別れた妻と、一一歳になる息子がいる。その息子とも、しばらく会っていない。成長した息子の姿を思い浮かべると、郷愁の念に苛《さいな》まれることもあった。

コリンはどうするつもりなのだろうか。

彼とは一年前にロスで知り合った。その頃、有賀が付き合っていた〝女〟の、前の〝亭主〟がコリンだった。最初は女を挟んでいがみ合っていたが、そのうち三人で酒を飲むようになり、結局は二人で逃げだしてきた。年齢が三五歳と同じこともあって意気投合し、以来一緒に旅を続けている。

コリンの国籍はイギリスである。ケンブリッジ出のインテリだが、いまはフリーのフォトグラファーで食っている。学生時代に動物学を専攻していたことから、一時ネス湖のネッシーに夢中になり、その写真を撮っているうちに現在の仕事に落ち着いた。いわば、有賀の同類だった。

その日は朝から晴れていた。

八月の終わりとしては気温も高く、体を動かせば汗ばむような陽気だった。

昼食の後、有賀はロッジのポーチに出てコーヒーを飲んでいた。椅子《いす》の下では、ジャックが大きな体を伸ばし、心地よさそうに眠っていた。昼食の残りのパンを千切って投げると、どこからともなく小鳥が集まってきて、それを啄《ついば》んでいた。

サムとシンディーは、朝からビーバーでソルドナットの町に買い出しに出ていた。一週間分の食料や生活用具とともに、ポスト・オフィスに寄って手紙も取ってくる。そして帰りに、町のレストランでささやかな昼食を楽しんでくる。子供のいない夫婦にとって、それが唯一の贅沢《ぜいたく》でもあった。

間もなく有賀の耳に、聞き馴れたビーバーの音が聞こえてきた。サムはこの小さな飛行機を車のように扱う。水辺か、ちょっとした空き地でもあれば自由に離着陸できる便利な乗り物だった。アラスカの荒野では、ビーバーがなければ生活できない。

有賀が椅子を立って、ポーチから外へ出た。コリンもロッジのドアから顔を出した。空を見上げると、雲ひとつない青空に重そうなフロートを付けた機影が見えた。ビーバーは快調なエンジン音を響かせ、東の空で大きく旋回すると、ロッジの前の空き地に機首を向けて降下を始めた。フロートの下にある車輪が地面に触れ、草の根で大きく何回かバウンドし、ポーチの前で止まった。

窓からシンディーが手を振っている。その向こうでサングラスをかけたサムの顔が笑っている。有賀は両手を広げ、踊るような仕草をしながらビーバーに歩み寄った。

「おかえり。町はどうだった?」

「なんてことはない。いつもながらの小さな町さ。いいステーキの肉が手に入ったぜ」

「ウイスキーは?」

「もちろん。他の荷物と一緒に後ろに入っている。運ぶの手伝ってくれ」

「ＯＫ」

有賀はリアゲートを開けると、その中に入っている段ボールをサムとともに持ち上げた。

「そうだ、ユウジロウ。お前に手紙が来てるぜ。シンディーが持ってる」

「女からか？」

「さあね。オレは日本語がわからん」

「ここが嗅《か》ぎつけられたら、また逃げなくちゃならない」

サムと有賀は、笑いながら荷物をロッジに運んだ。

手紙は東京の雑誌社、アウト・フィールド誌の矢野《やの》という編集者からだった。差出人の名を確かめると、有賀は舌打ちをしながらその大きな封筒を開けた。中には便箋《びんせん》がわりの原稿用紙が一枚と、もう一通の手紙が封筒のまま入っていた。

〈――前略
お元気でしょうか。先日キングサーモン・フィッシングの原稿をいただき、まだ生きていらっしゃることを知りました。さっそく本誌の九月号に使わせていただきます。コリンさんという方が撮った写真もなかなかでしたよ。原稿料は併せて有賀さんの口座に振り込ませていただきます。使い込まないように。

ところで本題に入らせていただきますが、先日編集部に、読者の方から妙な手紙が届きました。中には写真も一枚入っていました。同封しておきますので、ぜひお確かめください。雑誌の内容柄、動物関係の質問は多いのですが、このようなものは初めてでして。どうしたものかと思案しているところです。どちらかといえば有賀さん向きのネタですし、とりあえずおまかせします。よろしくお願いします。

矢野真吾《しんご》――〉

有賀は首を傾げた。まったく要領を得ない手紙である。もう一度読み返し、丸めてクズカゴに投げ捨て、封筒の中からもう一通の手紙を取り出した。差出人は永子《のりこ》・フレイザーとある。住所は沖縄県の金武《きん》町になっていた。封筒には一度、開けた跡があり、その上をまたセロテープで貼《は》ってあった。

封を開けて、便箋を取り出す。女の書いた手紙としては素《そ》っ気《け》ないが、字は下手ではない。

〈――拝啓
突然お手紙を差し上げて、申し訳ありません。実は身辺にちょっとした問題が起こり、困っています。問題とは同封した写真にあるのですが、これがまったく何だかわかりません。動物のようにも見えますが、当方には特別な知識もなく、困り果てています。
沖縄には、このような動物が棲《す》んでいるのでしょうか。それとも、他のものなのでしょうか。ちなみにこれを撮影したベン・ライルという人は、その後行方不明になっています。彼はアメリカの軍人でした。何か良い知恵をお借りできれば幸いです。よろしく申し上げます。かしこ。
8月6日　永子・フレイザー――〉

有賀は、慌てて封筒の中を探した。中から便箋に包まれた手札サイズの写真が出てきた。それを見た。

「何だ、これは……」

思わず声を出した。有賀の様子に気がついて、サムとコリンも近寄ってきた。

三人の目が同時に写真に釘付《くぎづ》けになった。

全体的に白っぽく、ぼんやりとした、不鮮明な写真だった。ピントも合っていない。霧の中で、ストロボをたいてしまったようにも見える。

水辺の風景であることはわかる。水の側から、ボートか何かに乗って陸《おか》を撮ったらしい。バックには植物が写っている。そしてその手前の水面に、正体不明の〝動物らしきもの〟の影が写っている。

「ネッシーじゃないか」

横からコリンが口を出した。

確かにそう見える。有賀も、同じことを考えていたところだった。手前の大きな影が首で、その後方に見える二つの小さなコブのような影が背中だ。位置関係を考えても、その三つの影が水中でつながっていることは明らかだった。だが残念なことに、頭部と思われる部分の上半分が画面から切れている。

「いや、ネッシーじゃないんだ……」

有賀が答えた。

「どうして。おれはネッシーの専門家だぜ。何枚も写真を見たことがあるし、自分で撮ったこともある。これは絶対にネッシーだよ」

「違うんだ。この写真はネス湖じゃなくて、日本の〝オキナワ〟で撮られたものなんだよ……」

有賀は考えてみた。はたして沖縄に、このような動物が棲んでいる可能性があるのだろうか。確かに沖縄には、本島北部のヤンバル地区や西表《いりおもて》島などに広大な亜熱帯のジャングルが残されている。ダムや川もあるし、年間を通して気候も穏やかだ。未確認動物が存在しても不思議ではない。事実、西表島では、近年イリオモテヤマネコが発見されている。

だが沖縄は、島という限られた条件の中に、一一〇万以上もの人口を抱える県である。もしそのような動物がいるとしたら、これまでにも何かしらの目撃例や伝説があってしかるべきだ。有賀は学生時代に一度、沖縄に行ったことがあるが、そのような話を耳にしたおぼえはなかった。

興味深いのは、写真が存在するという事実だった。不鮮明な素人《しろうと》写真だが、それだけに真実味がある。どう見ても作りものとは思えない。しかも、撮影した人間が米軍関係者で、その後行方不明になっていることも気になる。

写真の正体は、はたして何なのか……。

行方不明になった米軍人は、その後どうなったのか……。

そしてなぜこの写真を、民間人と思われる女性が所持していたのか……。

謎はいくらでもある。だが手紙をいくら読み返し、写真を眺めてみても、謎は解明されない。知りたければ、現地に飛ぶしか方法はない。

沖縄か。悪くない。釣りもできるし、泡盛《あわもり》もある……。

「ヘイ、コリン。お前、これからどうするつもりだ。アラスカの夏ももう終わりだぜ」

有賀が言った。

「イギリスの故郷に戻るさ。アンカレッジからヒースローまでのチケットを持っている」

コリンが興味なさそうに、そう答えた。

「日本へ行かないか、おれと一緒に」

「オキナワかい。やだね。金もないし、言葉もわからない」

「ネッシーがいるぜ」

「あれは金にならない。一度撮ってアメリカの雑誌社に売ったが、たった七〇ドルだった……」

「今度は金になる。勘が働くんだ。保証するよ」

「どうだかね……」

「うまい酒があるぜ」

「酒はイギリスが本場だ」

「釣りができるぜ。トラバリーや、バラクーダが」

「釣りはあきたよ……」

「いい女がいるぜ」

「…………」

それで話が決まった。

八月二六日――。

有賀とコリンはサムの操縦するビーバーに乗り、アンカレッジに向かった。そこで成田《なりた》行きのJALに乗り換えた。ジャックは檻に入れられて荷室に積み込まれ、成田までの一〇時間をふてくされて過ごすことになった。

3

夏休み最後の日曜日ということもあって、那覇国際空港は朝から人で溢《あふ》れていた。そのほとんどが、沖縄の夏を楽しんだ本土からの観光客である。

出発ロビーの前に次々と観光バスがやって来ては、日に焼けた若者や親子連れが大きな荷物とともに押し出されてくる。そしてロビーを通過し、〝旅客機〟という名の空を飛ぶ箱に詰め替えられて本土に送り返されていく。

その様子は、ベルトコンベアーに乗せられてどこかへ売られていく果実のようだった。人間であるはずなのに、意思のない物質のように感じた。個々の顔はパイナップルかマンゴーのように見えてくるし、いつしか話し声はそれらが擦《こす》れ合う雑音にしか聞こえなくなる。

沖縄は総面積約二二八〇平方キロという小さな県である。沖縄諸島、宮古《みやこ》諸島、八重山《やえやま》諸島などの大小一六〇余りの島からなるが、人口は計一一五万人に満たない。そこに年間一〇〇〇万人とも言われる観光客が本土から押し寄せる。しかもその大半は、七月、八月の夏季に集中する。

だが、この狂騒もまもなく幕を閉じる。九月に入るとともに、まるで潮が引いたように沖縄は本来の静けさを取り戻す。賑わっていたビーチや街も閑散とし、観光客の姿はほとんど見かけなくなる。

秋の沖縄にやって来るのは、米軍関係者の家族や戦没者の遺族、もしくは南の海で生まれた台風くらいのものだ。

出発ロビーの慌ただしさに比べて、到着ロビーはむしろ静かだった。たまに本土からの便が入ってきても、降りてくる旅客の数はたかがしれている。観光客の姿は少なく、ほとんどが地元の人間か米軍関係者だった。

永子・フレイザーは到着ロビーの前で手すりに寄りかかりながら、出口から流れ出る旅客の顔をぼんやりと眺めていた。カットオフのジーンズに、着古したタンクトップという軽装だった。その日焼けした肌に、南国の太陽が容赦なく照りつけていた。

顔は誰が見ても東洋系だが、全体の雰囲気はどことなく日本人離れしている。身長のわりに手足が長く、肩まで覆う栗《くり》色の髪は、人工的に染めたものとは異なる色彩を放っていた。年齢は二〇代の後半だが、見た目はそれよりも多少若く見えた。

「くそ……」

永子は小声で悪態をつきながら、栗色の長い髪を掻《か》き上げた。もう、かれこれ二時間以上もこうして炎天下に立っている。だが、まだ目指す人物に会えないでいた。

いましがた着いた便からは、一〇〇人近くの旅客が降りてきた。そのほとんどはタクシーや観光バス、出迎えに来た車などに乗ってすでに姿を消している。ロビーの中には再会を喜び合って長いキスを続ける外国人のカップルと、大学生のような三人連れしか残っていない。

この便にも乗っていなかった。次の便まではまだ三〇分近くある。それに乗っているのだろうか。それともまた肩透かしを食らうのだろうか。このままこうして最終便まで待つことを考えると、気が遠くなる。

だいたい出迎えに来ている永子自身が、相手の顔も飛行機の便名も知らないのだからおかしな話だ。今朝早く、仲間とビーチにでも行こうかと思っていたところに電報が届いた。アウト・フィールド誌の〝アリガ〟という人物からだった。

『ホンジツ　ナハニツク　デムカエタノム』

たったそれだけの電文だった。初めて会う人間に対して、自分の特徴も、到着予定時刻すらも伝えてこない。

一カ月ほど前、永子はアウト・フィールド誌に手紙を書いた。その中に友人が撮った一枚の写真を同封した。

写真には、まるでネス湖のネッシーのような奇妙な動物が写っていた。素人の自分が見てもまったく正体がわからない。しかもそれを撮ったベン・ライルは、その後行方不明になっている。

何人かの友人に相談してみたが、何もわからなかった。警察にも相手にされなかった。そこで東京の雑誌社ならば、たとえ興味本位であれ何とかしてくれるのではないかと考えた。だが手紙を出してから約一カ月、雑誌社からは何の連絡もなかった。

この件に関しては、なかば諦《あきら》めかけていたところだった。そこに突然電報が来た。しかも今日、那覇に着くという。浮き足立って空港に来てみれば、このザマだ。これだからヤマトンチュー（本土の人間）は信用できない。

だいたい永子は空港という場所があまり好きではなかった。柄の悪い人間が多いからだ。事実いまも、永子から五〇メートルほど離れたところにあるベンチの上で、酒に酔った男が二人、折り重なるようにして眠っている。

一人は〝ガイジン〟だった。だがどうも米軍関係者ではないらしい。もう一人はヤマトンチューだ。ウチナンチュー（琉球《りゆうきゆう》人）ではない。どちらも長髪で、顔中に濃い髭《ひげ》を生やし、まるでヒマラヤの山奥から出てきたような暑苦しい格好をしている。しかもベンチの下には、その二人にお似合いの汚らしい犬が寝そべっていた。

永子は二人を一瞥《いちべつ》し、また視線をロビーの中に戻した。ちょうど大学生風の三人連れが出てくるところだった。その中の一人と目が合った。男は立ち止まると、いかにも現代風な顔に洗練された笑みを浮かべ、永子に無造作に話しかけてきた。

「ハイ。ここで何してんの。ボクたち沖縄初めてでさ。どこかいいホテル知ってたら、紹介してくれない？」

「アイ・キャント・アンダスタンド・ジャパニーズランゲージ。ソーリー」

永子は英語でまくし立てた。もちろん日本語が話せないわけではない。しかし、この手を使うのがいちばん手っとり早いことを心得ていた。永子の思惑どおり、男たちはバツの悪そうな顔をしてすごすごと立ち去った。

わけのわからない奴に声をかけられるのも、今日はこれで何度目だろうか。本土からの旅行者は旅の解放感もあってか、現地の女と見るといとも気安く声をかけてくる。それが礼儀とでも考えているのだろうか。このような目に遭うと、自分自身が安っぽく見られたことよりも、琉球民族そのものを馬鹿にされたようで腹が立つ。

次の便にも〝アリガ〟は乗っていなかった。その次にも、やはり乗っていなかった。ただ何人かのヤマトンチューやガイジンが、永子の長い足に目が眩《くら》んで声をかけてきただけだった。

　もしかしたらその中に〝アリガ〟がいたのだろうか。だがたとえそうであったとしても、あのような態度で声をかけてくるような男には、たとえ雑誌社の人間であろうが用はない。お断りだ。少なくともいまの自分の助けになってくれるような男は、一人もいなかった。

　さすがに永子は、それ以上待つ気になれなかった。だいたいほとんど朝から飲まず食わずだった。それに本当に来るのかどうかさえも怪しいものだ。東京のアウト・フィールド誌の編集部に何回か電話を入れてみたが、日曜ということもあって誰も出なかった。電報は、誰かのいたずらということも考えられる。

　帰る前にロビーに入り、出口の近くにある伝言板に一言書いておくことにした。自分の名前と電話番号さえ書いておけば、あとは勝手に何とかするだろう。住所はわかっているのだから、その気になればタクシーでも永子の家までは来られるはずだ。

　白墨を手にして、黒板に向かった。その時、突然永子の肩を叩く者があった。振り向くと、そこに体の大きな男が立っていた。例の、ベンチの上で酔い潰《つぶ》れていたヤマトンチューだった。

髭《ひげ》だらけの汚い顔の中で、小さな目が笑っていた。男は右手で頭を掻きながら、照れくさそうに頭を下げた。

人相が悪い。しかも酒臭い。永子は一瞬身構えた。だが不思議なことにその男からは、先程まで声をかけてきた男たちのような、生理的な嫌悪感は感じられなかった。

「あの、有賀ですけども……」

男はぼそりと言って、また頭をぼりぼりと掻いた。

4

ドアを開けると、エアコンの冷たい風が顔を撫《な》でた。フランク・ガードナー伍長は一度そこで立ち止まり、室内の暗さに目を馴らすために瞼《まぶた》を瞬《しばたた》かせた。

沖縄最大のマリーン（海兵隊）基地、キャンプ・ハンセンのＭＰ（ミリタリーポリス）本部棟は、日曜ということもあってほとんど無人だった。いまこの建物の中にいるのは、フランクと数人の警備兵、そして最上階にいるミラー大尉くらいのものだ。湾岸戦争当時は日曜も休日もなかったが、現在の基地は通常の平穏を取り戻していた。

それにしてもなぜいま頃、自分がミラー大尉に呼び出されたのだろうか。〝事件〟に関するレポートは、二週間以上も前に提出してある。

フランクは薄暗い廊下を歩きながら、自分の服装を確認した。ウッド・ランド・カモフラージュの野戦服上下は、洗濯したばかりでまだ糊《のり》が利いている。同一のパターンのキャップ。黒のジャングル・ブーツは、ワックスで光っている。そしてMPの腕章。すべてOKだ。

上官に会見する時には、まず最初に服装に気を使わなければならない。フランクはそれが最も苦手だった。過去にも何回となくそれで失敗している。

階段で二階に上がり、ミラー大尉のオフィスの前に立った。そこでもう一度服装の確認をし、ドアをノックした。中から大尉の嗄《しゃが》れた声が聞こえてきた。

ドアを開けて中に入る。足を軸に体を回転させ、大尉の方に向き直る。視線を大尉の顔よりも少し上に固定し、直立不動のまま右手を額に当てて敬礼をした。

「フランク・ガードナー伍長、まいりました」

「よし、楽にしてくれ」

その声を待って、伍長は右手を下ろした。

「日曜だというのにご苦労だったな。さてと、用件というのはここにあるベン・ライル一等兵の失踪《しっそう》に関するレポートのことなんだがね。まあ、なかなかよくは書けている」

「はい。ありがとうございます」

ミラー大尉は席を立ち、伍長がタイプしたレポートを読みながら部屋を歩き回った。

「まず七月二〇日の土曜日の夜から、彼は行方不明になっている。その後、誰もベン・ライル一等兵を見た者はいない。これは事実かね？」

「はい、間違いありません」

「最初に通報があったのは八日後の七月二八日、日曜日。アサジ・リバーで彼の乗っていたボートが発見された。通報者はノリコ・フレイザーというオキナワの民間人か。この女性とベン・ライルとの関係は？」

「はい、その……。簡単に言うならば、ステディな関係かと……」

「よし、わかった。次のレポートではそのことを明記しておいてくれたまえ。そしてボートの持ち主は、その民間人の父親かね？」

「はい、そうです。継父ですが。ノリコ・フレイザーの実の父親は、以前合衆国陸軍の軍人でした。一九七一年にベトナムで戦死しております」

「そうか、なるほど……。まあそれは今回の事件には直接関係ないな。問題はその後だ。脱走の疑いはなし、何らかの事故があったと思われる、とある。これが君の見解かね？」

「はい、そうです。ボートが発見された前日まで、現地にはかなりの大雨が降っていました。風も風速二〇メートルを記録しています。それでボートから落ちたのではないかと……」

「なるほど。それで水死したわけだ。しかし考えてみたまえ。ベン・ライルは我がマリーンの軍人だぞ。あんな小さな川で溺《おぼ》れると思うかね」

「はあ、その……」

「まだ不自然なことがある。このレポートによると、ボートを運んだはずの彼の車がアサジ・リバーの周辺で発見されていないそうじゃないか。これは事実なのか？」

「はい、事実です」

「行方不明の一等兵、所在不明の車、そして通報者の愛人。この要素をつなぎ合わせれば、普通は脱走という結論が導き出せるはずだが」

「はい、私も最初はそう考えました。しかしノリコ・フレイザーの周辺にも、ベン・ライルの家族や友人関係にも、まったく彼の気配がないんです」

「とにかく不自然だ。もう一度調べ直してくれ。以上だ」

「はい……」

フランク・ガードナー伍長は来た時と同じように敬礼をし、部屋を出た。廊下を歩きながら、壁をジャングル・ブーツで蹴り上げ、床に唾《つば》を吐いた。

「くそ、なんでおれが黒人の一等兵一人のために、こんな目に遭わきゃならねえんだ」

彼は胸の中で不満をぶちまけると、ポケットからハーシーのチョコバーを取り出し、一本丸ごと口の中に押し込んだ。

5

島の西側を走る国道五八号線は、那覇市と名護《なご》市を結ぶ沖縄本島の主要道路である。

片側三車線の広い道路で、その両側にはキャンプ・キンザー、キャンプ・フォースター、嘉手納《かでな》飛行場などの米軍基地が点在する。

合間に軒《のき》を並べる店も、米国資本のファーストフード・ショップやステーキ・ハウス、軍の放出品を扱うサープラス・ショップなどが多い。特に大謝名《おおじゃな》から伊佐《いさ》までは〝リトル・アメリカ〟と呼ばれ、観光名所のひとつにまでなっている。

ラジオから地元のFEN放送を流し、中央分離帯のパームツリーの並木を見上げながら車を走らせていると、ここが日本の一部であることを忘れそうになる。良くとれば異国情緒豊かなのだが、逆に悪くとればアメリカの植民地然としている。あらゆる意味で、戦後の沖縄を象徴する風景だった。

有賀はその風景を眺めながら、初めてこの道を通った時のことを思い出していた。あれからもう一五年にもなる。当時はこの国道もいまほどは整備されてなく、店の数も少なかったように記憶している。だが観光バスの窓の外を行き過ぎるアメリカのような街並みに、心を躍らせていたことを覚えている。学生時代の有賀にとってまだ見ぬアメリカの風景は、憧《あこが》れであり、また人生の夢の象徴でもあった。

ところがいまの有賀には、リトル・アメリカと呼ばれる風景があからさまに陳腐なものに見えた。この一五年間に幾度となく〝本物〟のアメリカを見たことが理由ではなく、もっと本質的な部分でこの風景を受け入れられなくなっているような気がした。

「ねえ、有賀さん、高速道路に入らなかった理由、わかったでしょう」

永子はジープM38A1のステアリングを握りながら、大声で有賀に話しかけた。フルオープンの車体を吹き抜ける南国の風は、それでも永子の声を搔き消してしまいそうになる。有賀はその声に一瞬我に返り、軽く相槌《あいづち》を打った。

確かにこの車では高速道路を走ることは無理だろう。もう三〇年以上も前の車だ。ボディは鮮やかなレモン・イエローに塗りなおされているが、その下の鉄板は長年潮風にさらされて腐りかけている。

七二HPを発生するフロントヘッドのハリケーン・エンジンも、かなりくたびれているようだ。永子がギアを三速のトップに入れ、アクセルを床まで踏み込んでも、時速五〇マイルに届かない。先程から中央車線をのんびりと走るこのポンコツのジープを、GIの乗ったYナンバーの乗用車が忌まいまし気に追い越していった。

だが一度でもオフロードへ入れば、この車は真価を発揮する。永子のM38A1は海兵隊用に生産された特別仕様で、前後のデフにはLSDが組み込まれている。さらにディープ・ウォーター・キットの採用により、水深一メートル以上もの川を渡ることも可能だ。もちろんこの車が、生産当時の性能を維持していればの話だが。

ジープは仲泊《なかどまり》で国道五八号線を逸《そ》れて県道に入った。この辺りは沖縄本島の、最も幅の狭い部分だ。五キロも走ると、石川《いしかわ》の市街で島の反対側を走る国道三二九号線にぶつかる。それを左に折れて北上すれば、間もなく永子の住む金武町に入る。

三二九号線は多少渋滞していた。だが話をするにはかえって好都合だった。

信号で止まるのを待って、有賀が訊いた。

「少し話を聞かせてもらえるかな」

「ええ、どうぞ。何でも」

「まず最初に例の写真を撮ったベン・ライルという男のことからだ。君とはどういう関係だったんだ」

「私の〝彼氏〟だったの」

永子が、さらりと言った。

「なるほど……。それじゃその君の〝彼氏〟が、どこで、いつ、どうやってあの写真を撮ったんだい？」

「場所は安佐次川、だと思う……。たぶん、七月の二〇日から二八日の間に。それ以上のことはあまりわからないの……」

永子は英語で話し始めた。助手席の有賀と荷台にいるコリンは、しばらくその話に耳を傾けた。

永子の話によると、だいたい次のようになる。

七月二〇日の土曜日の夜に、ベンは自分のピックアップにアルミのボートを乗せて金武町を出た。翌日の日曜日の夜までには帰るはずだったが、そのまま連絡が途絶《とだ》えてしまった。一時は脱走兵騒ぎになり、永子のところにまでキャンプ・ハンセンからMPがやって来て調べていった。だが永子にも、まったく思い当たる節《ふし》はなかった。

ところがボートが、それから八日もたった七月二八日の日曜日の早朝に安佐次川で発見された。発見したのは近くに住む村人だった。

ボートの中にベンの姿はなかった。残されていたカメラのフィルムを現像すると、例の写真が写っていた。それ以後、いまもベンは行方不明のままだ。ベンの乗っていた車もまだ発見されていない。

「だいたいのことはわかった。しかしそのベン・ライルという男は米軍のGIだったんだろう。そのＧＩが撮った、しかも彼の行方不明に関係するような重要なフィルムを、なぜ君が手に入れることができたんだ。いくら君が彼の〝彼女〟だったとしても、軍がそう簡単に渡すわけがない……」

「ボートが父のものだったの。父といっても継父ですけれど。ボートに住所と電話番号が書いてあって、まずうちに連絡が入ったんです。カメラも私が貸したものだったので、軍に通報する前に隠しちゃったの」

「なるほどね。じゃあ軍は、例の写真の存在さえ知らないわけだ」

「そういうことになるわね……」

この娘はまったく屈託がない。自分の〝彼氏〟が行方不明になっているというのに、悲壮感のかけらも感じさせない。まったく他人事《ひとごと》のようにあっけらかんと話す。

そこにコリンが口を挟んできた。

「おれもちょっと聞きたいことがあるんだけどな。フィルムにはこの写真以外に何か写っていなかったのか？」

「いえ、それだけよ。三六枚撮りのポジフィルムの、一枚目があの写真なの。あとは何も写っていなかった……」

「なるほど。つまりあの写真が、ベンの行方不明の直接の原因という可能性が高いわけだな」

「ええ、私もそう思う。確かめることはできないけども……」

「さあ、それはわからないぜ。おれは一応プロのフォトグラファーだからな。あの写真を撮ったカメラ、機種は何だった」

「え、ああ、フジのHD―Mです。古い型ですけども」

「そうか。やはりコンパクト・カメラか。それじゃ発見された時、バッテリーが上がってただろう」

「はい。でもなぜそんなことがわかるんですか」

「やはりそうか。間違いないな。あの写真に写っていた動物が行方不明の直接原因だ」

「どういうことだ。おれにもわからん」

有賀が言った。

「なあに、簡単さ。あの写真は霧の中でストロボを使ってたろう」

「ああ、そうだったな。おれもそう思う」

「ところがHD―Mというカメラは、いちいちストロボのスイッチを切らないと、放電しっぱなしになってすぐにバッテリーが上がっちまうんだよ。防水でタフだし便利なカメラなんだが、それが欠点でね。つまりだ。ベン・ライルはあの写真を撮った後、行方不明に至るまでに、スイッチを切る僅《わず》かな時間もなかったわけだ。理解できたかい」

「ああ、なるほどね。理解できたよ。さすがはプロだ。これで写真がうまけりゃ、最高なんだけどな」

「うるさい」

話をしているうちに、三人の乗ったジープは金武町に入った。左手に広大なキャンプ・ハンセンの金網が続き、右手にはＧＩ相手のさまざまな店が並んでいる。

「どうしますか。次の角を右に入ると私の家なんですけど。とりあえず寄って、食事でもいかがですか。母が用意しているはずですから」

「いま、まだ三時だろう。日没までだいぶ時間がある。例の安佐次川っていうのは、ここから遠いのかい」

「そうですね。五〇キロくらいかしら。一時間もあれば着くと思いますけど」

「じゃあいまから行ってみないか。それでも晩飯までには帰れるだろう」

有賀はそう言うと、荷台のコリンを振り返った。コリンもそれに頷《うなず》いた。永子はウィンカーのレバーを戻すと、ステアリングを大きく左に切った。

6

安佐次川は、有賀が考えていたほど大きな川ではなかった。雄大なアラスカの川と比べると、かなり見劣りがした。河口から三〇〇メートル辺りのところに安佐次大橋がかかり、その前後に広大なヒルギ林（マングローブ地帯）が広がっている。この辺りが最も川幅が広いが、流れの幅そのものは五〇メートルにも満たない。

沖縄には三〇〇以上の河川があるが、全長が一〇キロを超えるものは稀《まれ》である。県内では最大の浦内川《うらうち》（西表島）でも全長は二〇キロに満たない。安佐次川は本島では中クラスの川だが、全長は八キロしかない。

安佐次川を実際に目で確かめてみて、有賀は新たな疑問を感じた。そのひとつが、まだ発見されていないベン・ライルの車だった。彼は自分のピックアップにボートを積み、この安佐次川にやって来た。もしその彼の身に何か起きているとすれば、この川の流域のどこか、しかもボートを降ろしやすいような場所に車が乗り捨てられていたはずなのだ。

川の東側には河口から三キロほど上流にかけて、流れに沿うようにして未舗装の農道が走っていた。その間の流域は、ほとんどこの道から見渡せた。

ベン・ライルが、この地点よりも上流でボートを降ろした可能性は低い。川幅はこの辺りから急に狭くなり、水深も浅くなる。水面にはアシなどの植物も密生しているので、ボートを浮かべることは不可能だ。それに車で入れるような道もない。

この状況の中で、車が発見されないということがあり得るのだろうか。これはどう考えても不自然だ。だいたい一週間以上もボートが発見されなかったこともおかしい。

何か理由があるはずだ。単なる偶然とは考えられない。ベン・ライルは、この安佐次川以外の場所でボートを降ろしたのだろうか。例えば海にボートを降ろし、この川に遡ってきた。理由はわからないが、あり得ないことではない。それとも彼は、まだ生きているのか……。

もうひとつの疑問は、例の動物だ。ワイドレンズのコンパクト・カメラで撮ってあれだけの大きさに写るのだから、かなり大きな動物であることは確かだ。もし水面に突出している部分が首であるとすれば、全長一〇メートルはある。

そのような巨大生物が、この小さな川に棲んでいるとは考えにくい。もしいるとすれば、かなりの目撃者がいるはずだ。河口部に位置する安佐次の村には、数百人の村人が生活している。ほとんどは河口の南側にある漁港周辺に集中しているが、川の流域にも何戸かの農家がある。一〇メートルもある大型動物の存在に気がつかないわけがない。

安佐次大橋の上に立つと、美しいマングローブの群生林が一望できた。その風景は平穏そのものだった。周囲は自然の気配に満ち溢れ、すべてが淡い夕陽の中で輝いていた。

本当にこの場所で事件が起こったのだろうか。

「なあ、コリン。本当にこの場所にネッシーのような巨大動物がいると思うか？」

有賀が風景を眺めながら言った。

「どうだかね。おれもいま、それを考えていたところだ。ネス湖とはだいぶ水辺の面積が違う。あれだけの動物を養っているにしては、ちょっとこの川の環境はコンパクトすぎるな。それに水深だって、この橋の下でも一〇フィート（約三メートル）そこそこだろう。身を隠す場所もない。まあ、普通に考えればあり得ないな」

　コリンは安佐次川を見て、明らかに失望していた。

「車に関してはどう思う。まだ発見されていないというのも、どう考えてもおかしくないか。ベン・ライルはボートを海にでも降ろしたのかな」

「さあね……。しかしとにかくボートはこの川で発見された。そして例の写真も、少なくとも海で撮られたものじゃない。ひと芝居打って、脱走でもしたんじゃないのか」

「ベンはそんな人じゃないわ。少なくとも私に何も言わずに、そんなことはしない……」

　永子が口を出した。

「さてと、ユウジロウ。これからどうする。町に帰るか、それとも……」

　コリンはそう言うと、右手でロッドを振るような仕草を見せた。

「そうだな。まだ日暮れまで時間があるし、魚もいそうだ。一丁やるか」

　二人は永子の目を気にしながらも、そそくさとジープの荷台から釣り道具を持ち出してきた。ロッドにリールを組み付け、タックルボックスを手に下げると、橋から水辺へと下りていった。ジャックも二人の後に、尾を振りながら付いていった。

永子はその様子をなかば呆《あき》れ顔で見ていた。

まったく何という男たちなのだろう。電報一本で、自分を空港まで迎えに来させた。さんざん待たせておいて、やっと会えた時には二人とも酔っぱらっていた。そうかと思うと、妙に専門的な知識で事件を分析する。そして安佐次川まで連れて来てみると、今度は突然釣りをはじめた。

橋の上から見ていると、二人はまるで子供のようだった。犬を連れ、釣り竿《ざお》を振り回してはしゃぐ様子は、沖縄のどこにでもいる腕白《わんぱく》坊主たちと大差ない。ただ少しばかり体が大きくて、髭を生やしているだけだ。

だが、もしかするといまの自分に最も必要なのは、このような男たちなのかもしれない。

橋の下から、二人の騒ぐ声が聞こえてきた。どうやら、有賀に魚が釣れたらしい。竿が弓なりになっている。有賀はその魚を浜に抜き上げると、それを高くかざし、橋の上の永子に向かって手を振った。

永子も思わず手を振り返した。自分でも気がつかないうちに、笑っていた。

その時、永子は、有賀たちとは反対側の岸のマングローブ林の中で、何かが動いているのに気がついた。一瞬、例の動物を想像して体に力が入った。だがすぐに、それが迷彩服を着た三人の人間であることがわかった。

その中の一人、最も体の大きな白人の男には確かに見覚えがあった。幾度となく金武の町で見かけたことがある。先日、ベン・ライルの件で永子の家にまでやってきたのもあの男だった。確かフランク・ガードナーとかいうキャンプ・ハンセンのMPだ。

いま頃、何を調べているのだろう。噂《うわさ》では、軍はこの件をベンの事故死ということで片づけたはずだった。

有賀とコリンは、三人に気づいていないらしい。ただ無邪気に、竿を振り続けていた。

第二章　クチフラチャ

1

金武町は基地の町である。

米海兵隊基地キャンプ・ハンセンと、演習地のブルー・ビーチに挟まれるようにして日本人の小さな居住地が広がっている。

日中は町の頭上をジェット戦闘機やヘリコプターが飛びかい、国道を軍用車が我が物顔に走り回る。ひとたび演習が始まれば、実弾砲撃の炸裂《さくれつ》音に町は震撼《しんかん》する。時には人々の生活の場である県道の上を実弾が飛び越していくこともある。

町の半分は、いわゆるバー・ストリートとして知られる米軍人のための歓楽街で占められていた。市民の生活を無視するかのように、バーやキャバレー、ストリップ小屋などがひしめき合っている。夜になると闇《やみ》の中にネオンがきらめき、訓練を終えた米兵たちが酒と女を求めて町を闊歩《かっぽ》する。その様子は、驚くほど戦時中のサイゴン（現ホーチミン市）に似ている。

一九五二年四月二八日、日本は『対日講和条約』の発効によってGHQの占領下から脱し、晴れて独立国となった。その独立と引き換えに切り捨てられたのが、アメリカの施政権下に置かれることになった沖縄だった。同時に米軍は、日本政府の保護のもとに『土地収用令』を公布し、住民を追い払って基地建設のための土地を確保した。それによって多数の軍用地主が生まれることになった。

一九七二年五月一五日、戦後二七年という長い占領期間を経て、県民待望の沖縄県本土復帰が実現した。だがそれでもなお、沖縄の〝戦後〟は終わってはいない。県内の八一カ所、県総面積の一〇％を占める広大な軍用地はそのまま引きつがれた。生活の場を奪われた三万二〇〇〇人という軍用地主は今も残されたままだ。米軍と日本政府の犠牲として踏みにじられた住民の生活は、まったく改善されていない。

沖縄は今も基地と戦い続けている。そして金武町は、その戦いの最前線のひとつだった。

その朝、有賀は大型ヘリの爆音と強い喉《のど》の渇きで目を覚ました。時計に目をやると、寝てからまだ五時間ほどしかたっていないことがわかった。昨夜は通りで騒ぐ米兵たちの声でなかなか寝つかれなかった。酔いの醒《さ》めきらない頭の中に、その時の喧騒《けんそう》がまだ残っているような気がした。

雨戸の隙間《すきま》から差し込む朝日で、狭い部屋の中が青白く染まっていた。有賀のとなりでは、コリン・グリストがまだ心地よい寝息をたてている。大型ヘリが低空を通り過ぎても、呼吸はまったく乱れない。その無神経な寝顔を見ていると、有賀は少し腹が立った。

汗で重くなった蒲団《ふとん》の中に身を起こし、有賀は薄暗い空間をぼんやりと眺めた。階下からは、永子の母親が朝食の支度でもしているのだろうか、包丁が真魚板《まないた》を叩《たた》く音が聞こえてくる。自分の周りを包む風景と音が、以前にもどこかにあったような気がした。しばらく考えて、有賀はそれが四国の生家の朝によく似ていることに気がついた。

大型ヘリがまた飛んできて、爆音がすべてを掻《か》き消した。

永子の実家は、金武町のバー・ストリートの中で小さなサープラス・ショップ（軍の放出品店）を経営していた。とはいっても那覇市や沖縄市にある大きな店とは異なり、観光客などは滅多に買いにくることはない。客は売るのも買うのも地元のＧＩたちだ。

軍の放出品以外に、電化製品などの日用品も扱っている。沖縄から本国に引き揚げる者が売り、新しく赴任してきた者が買っていく。小遣いに困ると自分の軍服を売りにきて、給料が入ると買い戻していく者もいる。サープラス・ショップというよりも、GI相手の質屋といったほうが正確かもしれない。

永子の継父の大城勝昭《おおしろかつあき》は、なかなか楽しい男だった。年齢は五〇を少し過ぎているが、見た目はかなり若い。米軍に土地を収用された先代までは、現在の基地内にかなりの農地を持つ家柄であったらしい。大城勝昭もまた、軍用地主の一人である。

もちろん軍から支払われるわずかな地代だけでは、生活していくことはできない。そこで現在の店を始めた。GIを相手に質屋まがいの手で金を絞り取ることは、実益を兼ねた〝敵討《かたきう》ち〟でもある。

大城が永子の母の光江《みつえ》と結婚したのは、八年前だった。だがこの二人を見ていると、すでに三〇年は夫婦であったかのように違和感がない。永子にしても写真以外ではほとんど印象のない実父よりも、現在の継父の方に親しみを感じているようだった。

大城は琉球の男の例にもれず、酒豪だった。

〝ソーキ〟や〝チャンプル〟といった光江の作る沖縄料理を肴《さかな》に、多良川《たらがわ》という宮古《みやこ》島産の泡盛をよく飲んだ。そして飲むほどに饒舌《じょうぜつ》になっていった。

その大城が、今回のベン・ライルの失踪《しっそう》事件に関して、ちょっと面白いことを言った。

「あの〝コクジン〟はいい奴だったがなあ。永子がいなくても、よくうちに遊びにきたもんさ。ボートを借りてった日も、クチフラチャを探しに行くんだとか言ってな。はしゃいでたよ。きっと食われちまったんだなあ……」

クチフラチャ――。

その奇妙な言葉を、有賀はその時初めて耳にした。

大城の説明によると、クチフラチャとは金武町に伝わる双頭の竜であるという。口は安富祖《あふそ》、名嘉真《なかま》を向き、池原《いけはら》あたりが首、背はオランダ森やパーパー森に連なり、金武岬にかけてが尾であった。これを地図で確認してみると、なんと全長数キロという巨大な竜になる。昔からこのクチフラチャが鳴くと、村は日照りが続いて飢饉《ききん》に見舞われ、若者の多くが原因不明の疫病で死んだと言い伝えられている。

「まあ単なる伝説だよ。実際にそんなものがいるわきゃあないがな。でもクチフラチャを連想させるような何かがいたんじゃないのかね。沖縄じゃあ四人に一人が戦争で死んでんだ。クチフラチャの棲《す》んでた山だって、いまじゃ米軍の演習で半分以上が吹き飛ばされちまってる。GIの一人くらい食っちまったって当然だなぁ」

有賀は大城の言葉を、その場では何気なく聞いていた。どう考えても突飛な話である。だが、そのような伝説が存在したこと自体は興味深い。大城の言うように、クチフラチャの元となった動物くらいは存在したのかもしれない。一見子供だましのような伝説や民話の中に、重大な事実を示唆する鍵《かぎ》が隠されていることは多い。

コリンにも一応通訳して話してみたが、あまり興味は示さなかった。彼にとっての沖縄に関する興味は、いまのところ釣りと酒に限定されているようだった。特に泡盛は気に入ったようで、イギリスのジンに似ていると言って喜んで飲んでいる。

クチフラチャか……。

一夜明けたいまとなっても、有賀はその言葉が気になってならなかった。そしてあの写真だ。もし写真がある動物の一部分であるとすれば、それはどこなのだろうか。

初めてあの写真を見た時には、それが動物の首であると直感した。そこからネッシーのような、恐竜の生き残りを連想した。だが安佐次川を見たかぎりでは、そのような大型の水棲《すいせい》動物が生息している可能性はほとんどないことがわかった。水域が、あまりにも小さすぎる。その見解に関しては、コリンとも一致していた。

そうなると考えられるのは、体の一部分ではなく、体全体が細長い動物だ。例えば大蛇のようなものだ。だが沖縄にはハブやサキシママダラなどの蛇が生息しているが、すべて二メートル以下の小型種である。一〇メートルにもなるような大蛇はいない。もし写真の動物が大蛇であるとすれば、動物園かなにかから逃走した個体ということになる。もちろん一〇メートル近い大蛇であれば、人間を呑《の》み込むことくらいは簡単だ。

だが、その可能性は、コリンが否定した。アミメニシキヘビ、アナコンダ、インドニシキヘビという大蛇の類は、すべて熱帯地方に生息する。沖縄は亜熱帯だ。いくら本土よりは温暖だとはいえ、冬季には一〇度を下回ることもある。気温の低下にきわめて弱いこれらの種は、少なくとも一年以上生きることは不可能だということになる。コリンは大学時代に動物学を専攻していただけに、彼の言葉には説得力がある。

それ以外に考えられるとすれば、大ウナギか。近年騒がれている九州の池田湖《いけだ》の〝イッシー〟やカナダの湖に出没する〝オゴポゴ〟などの未確認大型動物は、すべてこの大ウナギであるといわれている。

人間がウナギに食われたとなるとまるで笑い話だが、可能性はなくもない。元来ウナギの類は、貪欲《どんよく》な肉食である。そして事実沖縄には、昭和三〇年代に名護市仲尾次《なかおし》の共同井戸に棲《す》んでいた通称〝カーの主〟など、何匹かの大ウナギの存在が確認されている。いずれも全長二メートルほどのものばかりだが、餌《えさ》などの条件さえよければさらに大きくなる可能性は否定できない。

いずれにしろ有賀の手元にある手掛かりは、一枚の写真だけだ。あとは足を使って調べるしか方法はない。

前日の夕方、有賀とコリンが安佐次川で釣りをしている時、近くのマングローブ林の中に米兵が何人かいたらしい。有賀は見ていないが、橋の上にいた永子が確認している。しかもその中の一人は、ベン・ライルの件を調べていたキャンプ・ハンセンのMPだった。

彼らもまた、いまだにベン・ライル失踪の原因を摑《つか》みきれていないということなのだろうか。

金武町の上空を、また何機もの大型ヘリが通り過ぎた。木枠の窓や雨戸が、音をたてて振動した。それでもまだ、コリンは眠り続けていた。

2

フランク・ガードナー伍長は、昨夜から苦手なタイプライターと格闘していた。

簡単なレポートを作成するために、もう一〇時間以上も無駄に時間を使っていた。だがそのレポートも、間もなく完成する。あと一行か二行、最終的な結論さえ加えれば、この退屈な作業から解放される。

ところがここまできて、指の動きが完全に止まってしまった。レポートに書き込むべき文章は、すでに頭の中にある。ただそれをタイプする決断がどうしても下せない。

朝九時を過ぎると次々に同僚のMPがオフィスに入ってきて、徹夜明けのフランクに声を掛けていった。フランクはそれを、気のない返事で受け流した。彼らは何人か集まるとコーヒーカップを手にしながら、バー・ストリートのフィリピーナの話に花を咲かせていた。だがいまは、その話の輪に加わる気にもなれなかった。

面倒な仕事を押しつけられた自分の運命を呪《のろ》いたい気分だった。元来ＭＰは、軍の中でそれほど忙しいポジションではない。通常は週に三回のトレーニングと、簡単な事務、あとはバー・ストリートの夜のパトロールを交代でやるくらいのものだ。基地内に特別な事件さえ起こらなければ、むしろ気楽で割のいい仕事なのだ。

湾岸戦争以降は、平和そのものだった。ところが突然、黒人兵の失踪事件が起こり、自分がその調査責任者に祭り上げられてしまった。通報があった日に、たまたまオフィスに残っていたＭＰが自分一人だったのが運の尽きだった。結局それが尾を引いて、一カ月以上たったいまでもこのありさまだ。

フランクはテキサス州の出身だった。一九七八年にハイスクールを卒業すると同時にマリーンに入隊した。実家は手広く牧場をやっていたが、男五人兄弟の三男ということもあって跡を継ぐわけにはいかなかった。高校時代は、フットボールに夢中になっていたが、大学に引っぱられるような選手でもなかった。だからといって中途半端な職について、地元の名士である父親の機嫌を損ねるわけにもいかなかった。

そこで共産主義と戦う愛国者を気取って、軍隊に入ることにした。元来がデスクワークが苦手な性分《しょうぶん》だった。頭を使うより、体を使う方が向いている。当時はベトナム戦争も終わっていたので、とりあえずは死ぬようなことになりそうもない。典型的なタカ派の父親も、手放しで喜んでくれた。当時のフランクにとって軍隊は、まさに起死回生の逃げ場所だった。

ところが仮想敵ソビエトがゴルバチョフのペレストロイカで崩壊し、共産主義そのものがなくなりかけている。デスクワークの嫌いな自分が、いまはこうしてタイプライターに釘付《くぎづ》けになっている。まったく運命とは、皮肉以外の何物でもない。

軍隊に入ってからしばらくの間は、国内のマリーンの基地を転々としていた。どこか外国の基地に転属したいという希望が受け入れられて、七年前にこの沖縄に配属された。その二年後に、素質を買われてキャンプ・ハンセンのＭＰに配属された。

素質とはいっても、早い話が体重二二〇ポンド、身長六・四フィートという体の大きさに目をつけられたにすぎない。そしてもうひとつ、格闘技にかけては右に出る者がいないというのも大きな理由だった。とにかくマリーンのMPは、腕っぷしが強くなければ務まらない。夜中に酒を飲んで暴れる兵隊を取り押さえるのが、まず第一の仕事なのだ。

以前、フランクは、どちらかといえば酒を飲んで暴れるタイプの兵隊だった。腕力にものをいわせ、逆にMP二人を叩きのめしたこともある。そのフランクをMPにしてしまえば、軍としても一挙両得だったわけである。

フランクはデスクの上にあるナッツ入りのチョコバーに手を伸ばした。昨夜一ダース買ってきたチョコバーが、もう三本しか残っていない。酒も飲むが、甘いものも好きだ。特に神経を使う仕事をしている時には、コーヒーとタバコ、そして甘いものがないと頭が働かなくなってくる。

パッケージを毟《むし》り取り、中身を口に押し込んだ。それを冷めたコーヒーで腹に流し込む。

椅子《いす》をデスクに引き寄せ、タイプライターに向かった。指をキーに乗せ、一気に叩き始めた。

〈――ベン・ライル一等兵は、かねてからクチフラチャというオキナワの伝説の動物の研究をしていました。彼の私室には、その資料が大量に残されていました。事件の当日、彼はアサジ・リバーでクチフラチャを発見し、襲われたものと思われます。以上――〉

フランクはタイプから紙を抜き取ると、その一番下に自分のサインを入れ、昨夜から座り続けていた椅子を立った。

3

白い砂を、南国の海が洗っていた。

遠くから、漁船のエンジンのかすかな音が聞こえてくる。水平線の近くで波が砕けるのが見えるが、珊瑚礁《さんごしょう》の内側にはエメラルドグリーンの静かな海が広がっていた。

浜の一部がコンクリートで固められて、小さな漁港になっていた。申し訳程度の防波堤に、数艘《そう》の漁船が舫《もや》ってある。漁船はどれも近海の漁に使う質素なもので、熱い日差しに晒《さら》されて朽《く》ちかけているように見えた。

早朝に漁に出た船が、港に戻り始めていた。いまも一艘の小船が港に入り、防波堤に接岸した。陽に焼けた太い腕が魚の入った箱を陸に降ろすと、待ちかまえていた女がそれを受けとめた。青く抜ける高い空で何羽もの海鳥が舞い、箱から溢《あふ》れ落ちる魚を狙《ねら》っていた。

永子はジープの助手席から降りて、漁船に向かって歩き始めた。熱いコンクリートに、ビーチサンダルの底が粘りつくような感触があった。黒いビキニの水着に包まれた尻《しり》がリズミカルに揺れた。

「いい尻だ……」

ジープのステアリングに顎《あご》を乗せ、有賀が呟《つぶや》いた。

「悪くないな……。白人ほど大きくもないし、日本人ほど下がってもいない。手《て》頃《ごろ》だな……」

荷台にいるコリンが言った。二人の視線は、サングラスの下で永子の尻に釘付けになっていた。ジャックもその間から頭を出し、永子を目で追いながら尾を振っていた。

永子は漁船の船頭に手を挙げて挨拶《あいさつ》すると、親し気に話し始めた。何が面白いのか、時折笑い声が聞こえてきた。魚の入った箱を覗《のぞ》き込み、中から小魚を摘《つま》み上げている。船頭がそれをビニール袋に入れ、永子に差し出した。永子は袋を受け取ると、漁師に手を振ってジープに戻ってきた。

「お待ちどおさま。見てこれ。もらっちゃった。唐揚げにするとおいしいんだ。へへ……」

袋の中身を見せながら永子が言った。新鮮なグルクン(タカサゴの一種)が五匹入っていた。まだ袋の中で動く魚を見て、ジャックが吠《ほ》えた。

「で、どうだった」

「うん。港でボート降ろしてもいいって。クルマはそのへんに駐めときなさいって」

永子は助手席に上がり、荷台にあるクーラーボックスを開けて魚の袋をその中に入れた。尻が、有賀の目の前にある。コリンも荷台から伸び上がり、助手席を覗き込んだ。

「ベン・ライルのことは、聞いてみたか」

「うん。MPも調べにきたらしいわよ。でもこの港では見たことないって」

「そうか……。ところであの漁師、ずいぶん親しそうだったな。知ってる人か」

「ううん、知らない。この港にきたの、初めてだもん。それよりも早く行きましよう」

「ああ……」

有賀はジープのギアを入れ、港の奥へ進んだ。ボートランプの前で方向を変え、トレーラーを海に向ける。ボートはベン・ライルが使ったものと同じだ。米軍放出品のフラットデッキのアルミ製で、一〇馬力のヤマハの船外機が付いている。

大人三人とジャックが乗っても、ボートの浮力は十分だった。さすがにエンジンは非力だが、流れのほとんどない安佐次川を遡《さかのぼ》るくらいなら問題はない。荷物は釣り道具と、クーラーボックスがひとつだけだ。その中には一日分のビールとサンドイッチが納まっている。

三人ともTシャツやアロハシャツを羽織《はお》っているが、下は水着だった。どう見ても舟遊びをしているようにしか見えない。だが三人には目的があった。

ベン・ライルの写真は、どこで撮られたのか。事件の謎を解くためには、まずその場所を特定する必要がある。写真には、奇妙な動物のバックに植物の群生が写っている。霧の中なので鮮明ではないが、ピントはむしろ動物よりもこちらの方に合っていた。それだけでもベン・ライルがいかに慌てていたかがわかる。

写真には安佐次川に多いマングローブではなく、シダ科の植物やアシなどが写っていた。そして一本の木。その特徴的な白っぽい幹から、沖縄特産のガジュマル（クワ科のイチジク属の植物。熱帯、亜熱帯に分布し、約八〇〇種が知られる）の一種であるように見える。それほど多い木ではないので、他の樹木と見間違える心配はない。そしてこの写真と同じ風景が、安佐次川のどこかに存在するはずなのだ。

安佐次港を出て険しい岩場を回り込むと、間もなく安佐次川の河口が見えた。コリンが大きく取舵《とりかじ》を切り、船首を川に向けた。砂の色が、白から黄褐色《おうかつしょく》の石泥に変わる。水も泥を含んで濁りはじめた。川は河口部で一度狭くなり、それを抜けるとまた広くなる。

急激に海の気配が遠ざかった。マングローブの密生する周囲の風景は、熱帯のジャングルそのものだった。

「どうする、ユウジロウ。川の真ん中を行くか。それとも岸に沿って進むか」

「そうだな。最初は川の左側を行こう。帰りは反対側だ」

「ＯＫ」

コリンがゆっくりとスロットルを開き、ボートを進めた。小さな川とはいっても、河口部は五〇メートル近くある。うっかりすると、写真の風景を見落としてしまう。

間もなく安佐次大橋が見えてきた。ベン・ライルのボートが発見されたのがこの辺りだった。有賀は写真と見比べながら、細心の注意を払って風景を目で追った。だが岸にある植物はマングローブばかりで、シダやアシはまったく見られなかった。

マングローブは、背丈が二メートルほどの植物である。太陽の光を遮るようなものは、川にはない。炎天が、容赦なく三人に降り注ぐ。この天気では、雲が出てくることも望めない。

有賀はキャップを川に浸し、水をすくい上げて頭に被った。一瞬は風が冷たく感じられたが、暑さは治まらなかった。

永子はTシャツを脱ぎ捨て、船首で日光浴を始めた。よく日焼けした肌が、汗で光っていた。

アラスカの山奥から出てきたばかりの有賀とコリンにとっては、この日差しの強さは拷問《ごうもん》に等しかった。どちらからともなく、クーラーボックスのバドワイザーに手が伸びた。喉を流れ落ちる冷たさは何ものにも代え難いほど心地よい。だがアルミ缶に魚の臭いが移り、少し生臭いのがたまにきずだった。

橋をくぐると、川は左に大きくカーブしている。その先で川幅が急に広くなり、その中央に小さな中洲が見えた。中洲といっても平坦《へいたん》で高い木などはほとんど生えていない。例のごとく、背の低いマングローブが密生しているだけだ。ボートがその近くを通ると、サギが一羽空に飛び立った。

ボートは中洲の左側を迂回《うかい》した。水路が急に一〇メートルほどに狭まった。水深もかなり浅い。おそらく一メートルはないだろう。

「何キロくらいきたと思う」

有賀がコリンに訊《き》いた。

「そうだな……。河口からまだ二キロくらいじゃないか。ゆっくり走ってるからな……」

中洲を通り過ぎ、また少し川幅が広くなった。両岸のマングローブ林の奥は、鬱蒼《うっそう》としたジャングルになっていた。何が出てきてもおかしくないような雰囲気だ。有賀はジャックの様子に注意していた。もし近くに大きな動物が潜んでいれば、ジャックが何らかの反応を示すはずだ。だがジャックは、暑さが多少こたえているのか川の水をよく飲むだけで、まったく平然としていた。

進むにつれて川幅が狭くなりだした。フラットボトムの小さなボートで進むには、やっとの広さだった。

この辺りにきてやっとシダやアシといった植物が見え始め、河口から続いたマングローブ林が姿を消した。だがガジュマルの木は、まだ一本も生えていない。

やがて突然ボートが進めなくなった。水深が急に浅くなり、川の中にまでアシが密生していた。その先にも流れは続いているが、ボートで進むよりは歩いた方が速いような川だ。流れの中を覗き込むと、無数の黒いものが泳いでいた。シリケンイモリの群れだった。

「さてどうする、ユウジロウ。行き止まりだぜ。その写真に写っている風景は見つからなかったのか」

コリンが言った。

「ないね。アシやシダが見えだしたのは二〇〇メートルほど手前からだ。もしガジュマルがあれば見落とすわけがない」

有賀が写真を見ながら答えた。

「ベン・ライルは、ここから歩いて川を上ってったんじゃないか。そこでネッシーにやられて、ボートだけ流されて戻ってきた……」

「それは有り得ないね。だったらカメラが、ボートまで歩いて帰ったことになるぜ」

「そうか……」

「なあ、ここがどの辺りかわかるか。たぶん河口から三キロちょっとのとこだと思うんだが」

有賀が永子に訊《たず》ねた。

「昨日通った川沿いの農道、覚えてるでしょ。あの終点が一〇〇メートルくらい手前だと思うわ。この左側の岸の奥に小さな集落があるはずよ」

「集落ってどのくらいのだ」

「そうね、全部で一〇軒くらいかしら。ベンのボートを発見してくれた海保さんという人がそこに住んでるの。国道を少し金武の方に戻ると、その集落に行く道があるわ」

「なるほどね……」

三人はその場で考え込んだ。どう見ても写真の風景はこの辺りではないように思えた。だがベン・ライルのボートは、確かにこの川で発見されたのだ。もしあの写真が行方不明になる直接の原因であるとすれば、その風景は必ずこの川にあるはずなのだ。

「こうやっててもしょうがないぜ。試しに歩いて川の上流にでも行ってみるか」

コリンが言った。

「無駄だよ。それにオキナワにはハブがいるんだぞ。水着にサンダルでそんなとこが歩けるかよ」

有賀はそう言って、座ったまま両足を高く上げた。その格好を見て、永子が声を出して笑った。

ハブは全長二メートル以上にもなる大型の毒蛇だ。動きが速く攻撃的で、東南アジアに生息するコブラよりも危険であると言われている。現在でもハブによる咬症《こうしょう》被害は、県内で年間一五〇～二〇〇例以上も記録される。しかもそのほとんどは沖縄本島に集中している。水着のような軽装で沖縄のジャングルを歩くことは、まさに自殺行為である。

「じゃあどうするんだ。戻るか?」

「そうしよう。あの中洲の反対側もまだ見てないしな。とにかくボートで行ける範囲は全部見てみよう。それからだ」

有賀は注意深く水の中に降りると、手で押してボートの向きを変えた。自力で方向転換もできないほど、川幅は狭かった。水深も有賀の膝《ひざ》あたりまでしかなかった。
ボートはゆっくりと川を下りはじめた。間もなく周囲の風景は、見慣れたマン
グローブ林に変わった。川幅が広くなり、中洲の反対側の水路に入ってみたが、
やはり写真に写っている風景は存在しなかった。
中洲の周りを一周してみたが、目を引くようなものは何もなかった。川の西側
のマングローブの中に何本かの細い水路のようなものがあったが、水は涸《か》れてい
た。もちろんボートで入っていくことは不可能だった。
車からボートを降ろせそうな場所はいくつかあった。その近くを丹念に調べて
みたが、ベンの乗っていたピックアップは見つからなかった。岸の近くは水深も
浅いので、川底に沈んでいるとも考えられない。
「ベンのピックアップは本当にまだ見つかってないのか。確かなのか？」
有賀が永子に訊いた。
「そうね、見つかってないと思うわ。ボートが発見された何日か後にMPが家に
きて、まず最初に車のことを聞いたもん」
「それ以後は？　それから一カ月たってるんだぜ。軍がもしベンのピックアップ

を発見しても、親切に君に教えてはくれないだろう」

「それはそうだけど……。でも確かめる方法はないわ……」

「そうだな……」

結局、何も進展しなかった。安佐次川の周辺はすべて探索したが、ベンのピックアップも、写真の風景も、小さな手掛かりのひとつさえも発見できなかった。

こんな結果になるとは、予想もしていなかった。もし収穫があったとすれば、ベン・ライルに何らかの事故が起きたのは安佐次川ではないかもしれないという漠然とした推理だけだ。

だとすれば、ベンはどこであの写真を撮ったのだろうか。

そしてなぜ、ボートはこの川で発見されたのだろうか。

あまりにも不可解な要素が多すぎる。

ボートは河口に達していた。風が潮の香りを運んでくる。有賀はぼんやりと風景を眺めながら、クーラーボックスからバドワイザーを取り出し、それを喉に流し込んだ。

「さてと、もう気がすんだろう。まだ時間も早いし、釣りでもやろうや」

コリンが有賀に言った。

「ちょっと待ってくれ。その前にやることがある。例の集落に行って、ボートを発見した海保という男に会ってみようじゃないか」

　有賀がそう言って、永子の方を見た。

「いいわよ。カメラを取りにいったこともあるし、家はわかってるわ」

「釣りはそれからでもできるぜ」

「そうだな、そうしよう……」

　コリンがスロットルを全開にした。ボートは長い航跡を残し、安佐次港へと向かった。

4

　午前中の畑仕事を終えて、海保義正は家に戻った。

　軒先の蛇口で手足の泥を落とし、水を両手に受けて口に含む。野良着を脱いで上半身裸になり、頭から水を被ると、火照《ほて》った体から急速に太陽の熱が遠のいていった。

　強い空腹を感じていた。時計を見なくとも正午を回っていることがわかる。その朝、海保は、いつものように投網を持って安佐次川に漁に出た。久し振りに潮回りがよく、好漁となって、手頃なオニカマスを五匹とガーラ（ヒラアジ）の稚魚を二枚せしめてきた。食卓に並べられたオニカマスの塩焼きを思い浮かべると、海保の腹が大きな音で鳴った。

だが縁側から家に上がると、食卓の上には塩焼きどころか昼食らしきものは何も用意されていなかった。こんなことは妻の稲子《いねこ》と結婚して以来、初めてだった。何かあったのだろうかと考える前に、海保は少し腹を立てていた。

「おーい、稲子」

海保は家の奥に向かって妻の名を呼んだ。間もなく台所の方から足音がして、簾《すだれ》の下から稲子が顔を出した。稲子は海保の顔を見て、なぜか驚いているような様子だった。

「おい、昼飯はどうした」

海保が言った。

「え、だって食べんと思っとったから」

その答えに、海保はよけいに腹が立った。

「なんでさ。いつもこの時間に食べとるぜ。もう昼過ぎとるだろう」

「あんた、畑で新嵩《あらたけ》さんに会わんかったの。さっきまた来たよ。これから村の男衆が集まって飲むから昼飯はいらんて。あんた探しに行ったのよ」

「新嵩が……」

新嵩俊治《としはる》は同じ安佐次に住む男だった。集落の外れに広い土地を持っていて、山羊《やぎ》を三〇頭ばかり飼っている。今朝方、海保が畑に出る前にやって来て、群れの一番大きな牡《おす》がいなくなったと言って心配していた。

「何か祝い事でもあったんかな。それとも山羊が見つかったかな」

「さあ、どうでしょうね。何やら慌てとったよ。祝い事っていう様子じゃなかったけどね。それに山羊が見つかったくらいで、真っ昼間から飲むなんて言わんでしょ。あの牡は年中逃げとるんだから」

「それもそうだな」

海保は新しいシャツを羽織り、外に出た。夏草がまばらに生えた土の道を歩くと、やっと火照りが治まった体にまた汗が噴き出してきた。太陽の熱さも、空腹も、すべてが忌まいましかった。

人気《ひとけ》のない集落の中を抜け、津波山《つは》に向かって少し登ると、間もなく新嵩の家が見えてきた。石垣に囲まれた母屋の奥に、山羊が夜露をしのぐための小屋がある。その周りに男たちが何人か集まり、立ち話をしていた。新嵩をはじめ、すべって知った顔ばかりだった。その男たちの足元に、蓆《むしろ》をかけた〝何か〟が横たわっていた。

「よお」

海保は仲間に声を掛け、その中に割って入った。男たちは海保をいつものように笑顔で迎えたが、表情の中には明らかに深刻な影が見てとれた。特に新嵩は、悲痛な目で海保を見ると、何も言わずに肩を落とした。

「どうした。何かあったんか」

海保が横に立っている男に訊いた。男は黙って足元の蓆を指し示した。蓆の下から、山羊の蹄《ひづめ》が出ていた。

海保はその場にしゃがみ込むと、蓆をめくってみた。中には大きな牡山羊の死体が横たわっていた。首や四肢が妙な方向に曲げられ、舌を出し、苦悶《くもん》にあえぐように目が見開かれたままだった。それが今朝いなくなったという山羊であることは、毛の色からすぐにわかった。

「そうか……。それで昼間っから飲もうってわけか。まあこれだけシシ（肉）がありゃあ村じゅう呼んでも足りるわ」

海保が蓆を山羊に被せ、立ち上がった。

「だいぶひどいことになっとるけど、車にでも撥《は》ねられたんか」

新嵩が黙って首を横に振った。

「じゃあどうしたんだい。病死にゃあ見えんぜ」

「うちの納屋《なや》の脇《わき》で死んどったんだ」

海保の横に立っていた金城《きんじょう》という男が言った。全員の視線がその男の顔に集まった。

「でもおれは知らんぜ。見つけたのはうちのタンメー（祖父）だ。朝方、庭を歩いてて見つけたんだと」

「タンメーは何て言っとった。またクチフラチャの仕業《しわざ》だってか」

「ああ……」

安佐次の村では、一年ほど前から家畜が姿を消すという事件が頻発していた。最初は村に住みついていた野良犬や猫が、いつの間にかいなくなった。そのうちブタやアヒル、飼い犬などが次々と姿を消した。事件はだいたい週に一度から一〇日に一度の割で起こり、被害はかなりの額に上っている。

しかも事件が起きるのは、津波《つは》山に面した小さな集落に限られていた。川の東側にある村の中心地や、海沿いの漁村周辺では何も起きていない。最初のうちは村人による盗難説などが出て、有銘《あるめ》から駐在を呼んで調べさせたこともあった。だが原因はおろか、動物の死体ひとつ見つけることはできなかった。

「なあ新嵩さんよ。あんたんとこ、山羊何頭目だったかな」

海保が新嵩に訊いた。

「こいつで四頭目だな……。今朝ももう一頭、春に生まれた子山羊がいなくなってる。そっちはまだ見つかってねえ」

「やっぱり〝ガイジン〟しかいねえよ、こんなことすんのは。この間、川で見つかったボートも、基地の〝コクジン〟のだったんだろう。奴ら、何か企《たくら》んでるにちがいねえよ」

金城が言った。金城もまた、昨年の夏に被害に遭った一人だった。飼っていた二八羽のアヒルが一四羽ずつ、二回にわたって消えている。

「おい、変な車が来るぜ。誰だ、あれは……」

海保の正面に立っていた男が集落の入口の方を指さした。振り返ると、黄色いジープが一台、土煙をあげながら道を登ってきた。ジープには三人乗っているらしい。男が二人と女が一人、そして荷台に立っている男は、金髪の〝ガイジン〟だった。

「おい、ありゃあ〝ガイジン〟じゃねえか」

金城が険悪に言い放つと、一歩前に進み出た。海保がそれを手で制した。

「心配ねえよ。ありゃあ、ドウシ（友達）だ」

海保が右手を挙げ、ジープに合図を送った。それを認めた永子が、助手席で大きく手を振った。ジープはあえぎながら坂を登り切り、男たちの前に止まった。

5

沖縄の人々にとって山羊肉は、このうえもない御馳走《ごちそう》である。

刺身は酢醤油《すじようゆ》に生姜《しようが》をたっぷりと入れたタレをつけて食う。また骨付き肉を鍋《なべ》で長時間煮込んだ山羊汁も好まれる。いずれにしろ山羊肉は臭いが強く、本土の人間には敬遠されることが多い。だが一度馴《な》れてしまえば、その臭いが逆に病みつきになる。

新嵩の家では、死んだばかりの山羊肉がさっそく解体され、刺身になって膳《ぜん》に並んでいた。周囲を村の男たちが取り囲み、泡盛を酌み交わしていた。その場には、先程までの悲愴感はすでになく、新嵩本人も、まるで目出たいことでもあったかのように上機嫌だった。

大切に飼われていた山羊も、死んでしまえばただのシシ（肉）にすぎない。それを食い、酒を飲むことは、供養でもある。

その酒宴の場に、有賀、コリン、永子の三人も招かれていた。永子はさすがに沖縄で生まれ育った人間らしく、子供の頃から食べ馴れた山羊肉に舌鼓《したつづみ》を打っていた。有賀はどうもその臭いになじめなかったが、それでも永子と同じくらいの量を食べている。コリンは刺身には手を出さなかったが、故郷のイギリスで山羊そのものは食べ馴れているらしく、後から出てきた山羊汁は気に入った様子だった。

安佐次の人々もまた、軍用地の接収などで少なからず米軍には不信感を持っていた。家畜の件は別としても、決して快くは思えない理由がある。だが外国人そのものを毛嫌いしているわけではない。

コリンも最初は〝ガイジン〟であるという理由で、村人たちから怪訝《けげん》な目で見られていた。だが米軍関係者ではなく、イギリス人の旅行者であることがわかると、やっとコリンに対する態度が和らいできた。それどころかいまでは〝先生〟と呼ばれ、村人たちから尊敬を受けるほどになっている。

死んだ山羊の解剖（解体に近かったが）を引き受けたのがコリンだった。大学時代に動物学を専攻していたために、この手の作業はお手のものである。有賀はコリンのことを、イギリスから沖縄の動物の調査にやってきた学者であると紹介したが、それもまんざら嘘《うそ》ではない。事実コリンは、ケンブリッジで動物学の学位を取っている。

宴の主催者である新嵩が、瑞泉《ずいせん》の一升瓶を持って酌をして回った。仲間たちは新嵩が泡盛を注ぐ度に、励ましてみたり、囃《はや》したりして場を盛り上げた。なかには山羊が嫁の浮気相手であると思って、自分で殺したのではないかなどとからかう者もいた。それをすかさず聞きつけた嫁が台所から顔を出し、ウトウ（夫）よりよかったとやり返し、皆を笑わせた。

新嵩が有賀たちの前まで来て、酒を注いだ。永子は酒を勧められると、絶対に断らない。三〇度もある泡盛を、ロックで水を飲むように空ける。帰りは自分が運転するからと言われ、有賀も適当に飲んではいるが、そろそろ心配になってきた。

「さ、先生もどうぞ」

そう言われてコリンがグラスを差し出した。

「なあユウジロウ。さっきっからおれのことみんなセンセ……って呼んでるけど、どういう意味だ？」

それを聞いて、有賀は思わず口に含んだ泡盛を吹き出しそうになった。

「別に悪い意味じゃないさ。ようするに、プロフェッサーとかドクターとか、そういう意味さ。お前が山羊の解剖を手際よくやったから、尊敬してんだろ」

「プロフェッサーねえ……。まあ、悪かないな」

コリンは注がれた泡盛を一口すると、グラスを食卓の上に置いた。なんとなくコリンは、先程から上の空である。口数も少なく、酒もあまり飲まない。いまも両手で膝を抱え、何やら考えごとをしている。

「おいコリン、どうしたんだよ。プロフェッサーって呼ばれたからってそんなに気どるな」

有賀は気になって、ちょっとちゃかしてみた。だがコリンは、まったく誘いに乗ってこない。

「なあ、おかしいと思わないか」

コリンが呟いた。

「おかしいって、何がさ」

「例の山羊の死体だよ……」

山羊の直接の死因は、頸椎《けいつい》の骨折だった。それ以外にも肋骨《ろっこつ》にかなり骨折部があり、左前肢が肩の部分から脱臼《だっきゅう》していた。口の周囲や目の近くにいくつかの引っ掻き傷のようなものがあったが、それ以外には外傷、出血はなかった。内臓ももちろん健康だった。

つまり病死ではなく、明らかに突発的な事故死である。村人はそれで納得した。病死なら肉を刺身では食えないが、事故死なら食えるからである。だが有賀やコリンにとって問題なのは、その先だ。あの山羊がどのような事故に遭い、金城家の庭で発見されたのか、その経緯を探らなくてはならない。

「つまり、ネッシーに殺されたってことか。そう言いたいんだろう」

有賀も先程から、その可能性について考えていた。確かに村人たちの言うように、交通事故や米軍関係者の仕業と考えるには無理がある。むしろベン・ライルの一件と今回の山羊の死体を結びつけた方が自然だ。安佐次川とこの集落とは、直線距離で三〇〇メートルしか離れていない。

突然、コリンが話しだした。

「そうか。わかったよ。あの山羊はやはり他の動物に殺されたんだ。わからなかったのは、なぜ殺しといて食わなかったのか、その理由なんだ。この村じゃ去年の夏から家畜が何頭も姿を消してるって言ってたろう。でも死体はひとつも見つかっていない。みんな食われたんだ。でもあの山羊は食わなかった。いや、食えなかったのさ」

「食えなかった……。どういう意味だ？」

「簡単さ。あの山羊は体重七〇キロはある種牡《しゅぼ》だった。つまり、大きすぎたのさ」

「大きすぎたって……。ますますわかんなくなったな。いくら大きくたって、一部分ぐらいは食うだろう。見てみろよ、ジャックを」

そう言って有賀が、縁側から庭を指した。そこではジャックが、先程から山羊のアバラ肉を夢中でかじっていた。最初は大きな肉の塊だったのだが、いまはもうほとんど骨しか残っていない。

「だからそうじゃないんだ。奴は、その動物は、犬のような動物じゃないんだ。獲物を丸呑みにするんだよ」

「丸呑みにか……。それじゃやっぱり大蛇しか考えられないじゃないか……」

「いや、その可能性はないね。前にも言ったろう。大蛇はすべて熱帯に棲《す》んでるんだ。オキナワは冬には気温が一〇度を切ることもある。一年以上も生きていられるわけがない。この村では、去年から被害が出ている。つまりその動物は、冬を越している……」

「じゃあ何なんだ。他に獲物を丸呑みにするような動物がいるのか？」

「いるさ、いくらでも。ハクジラの仲間はシャチ以外はみんなそうだ」

「鯨は陸《おか》には上がれないぜ」

「例えばの話さ。もし仮に奴がネッシーのように、未確認動物だったとしよう。そいつの食性が丸呑み型じゃないなんて、誰が言えるんだ？」

「それはそうだが……」

それからもコリンは、熱っぽく話し続けた。

初めて安佐次川を見て以来、コリンは大型の未確認動物の存在を否定していた。あの小さな川では、それだけの動物を養う容力がないというのがその理由だった。だがその動物が、陸の上も活動できるとなれば話は別になる。

安佐次川の周囲は、未開発の亜熱帯ジャングルに取り囲まれている。かなり大型の動物を養うことも、また人間の目から隠すことも可能だ。しかも山羊の変死体を見たいまとなっては、コリンは何らかの存在を確信しているようだった。

コリンはまた、いままでに集めたデータから、その動物の大きさをある程度までは想定できると言った。この村の金城家では、二八羽のアヒルが二回に渡って姿を消している。つまり一回に一四羽、一羽三キロ平均とすると、約四二キロがその動物の餌の適量ということになる。そして七〇キロの山羊では大きすぎるわけだ。だがもし四〇キロ以上もの量を一度に食えるとなると、その動物はかなり大型だということになる。

「ねえ、何話してんのよぉ……」

永子が二人の話に割って入ってきた。かなり酔っているようだ。これではとても運転は無理だ。

「いや、ちょっとな。ところで永子、君の彼氏、ベン・ライルっていったっけな。その男の体格はどのくらいだった」

「タイカク……。体の大きさのこと？　そうだなあ。有賀さんよりもかなり小さい。背が一六五センチくらいで……。体重が六〇キロくらいかなあ……。でもいいオトコだったのよ……」

「わかったわかった。いいオトコだったよな……。どう思う、コリン。体重六〇キロだとさ」

「そうだな。もしかしたら、食われちまったのかもしれないな。同じ六〇キロ前後でも人間には角がない。その可能性は十分にある……」

「そうだな……」

その言葉を、永子はすでに聞いていなかった。有賀の膝の上に頭を乗せ、半分眠っていた。

「おいユウジロウ、例の写真、いま持ってるか?」

「ああここにある」

有賀はそう言うと、シャツの胸ポケットを軽く叩いた。

「その写真、ここにいる人たちに見せてみたらどうだ。何かわかるかもしれないぜ」

「そうだな。面白いかもしれないな……」

有賀は永子の頭を膝から下ろし、座布団を当てがって立ち上がった。永子の反対側に座り、仲間と夢中になって話している海保の肩を叩いた。

「すまないが、ちょっとこの写真を見てもらいたいんだけどね……」

有賀はポケットから写真を出すと、それを海保に見せた。

海保はまったく何の写真だかわからないようだった。有賀が写真を手に入れたいきさつを説明しても、首を傾《かし》げるだけである。その動物らしきものにも、背景にもまったく見覚えがないらしい。

有賀は海保に、写真を全員に回してくれるように頼んだ。

海保が立ち上がった。

「おい、ちょっと静かにしてくれ。いまからこの写真を回すから。もしここに写ってるものに心当たりがあったら有賀さんに教えてやってくれや」

それまで騒然としていた部屋が、急に静かになった。写真は海保の手から、となりに座っていた男に手渡された。事情を知った女たちも台所や他の部屋から集まってきて、写真を覗き込む。

有賀は写真に見入る人々の表情を注意深く観察した。だが期待していたような反応はなかった。写真は二〇人ほどの村人の手を次々と回り、最後に一番上座に座っていた小柄な老人に手渡された。

老人は村人たちからタンメー、もしくはトウスイとか呼ばれていた。どうもこの集落の長老であるらしい。沖縄県は世界的に長命であることが知られているが、この老人も齢《よわい》九〇は超えているように見える。

老人は山羊の刺身をつまみながら、何気なく写真を眺めていた。しばらくして、突然箸《はし》を持つ手が止まった。それまで穏やかだった目が、急に大きく見開かれた。

　全員が老人の様に注目した。

「こりゃあ……。クチフラチャじゃねえか。フィージャー（山羊）殺したのは、こいつだ……」

　その言葉を聞いて、村人たちが笑い出した。老人は怒るでもなく、笑うでもなく、写真を置くとまた黙々と山羊の肉を食いはじめた。

「クチフラチャっていうのは、この辺りの伝説の竜なんですがね。まあ老人の冗談だと思って……」

　海保もそう言いながら、笑っていた。だが有賀は、とても笑う気にはなれなかった。戻ってきた写真を受け取ると、海保に礼を言い、自分の席に戻った。

「いまの、聞いたか」

　有賀がコリンに言った。

「ああ。クチフラチャの一言だけは聞きとれた。ノリコの親父さんが言ってた例の伝説の竜だろう。なぜ村人たちが笑ったのか、だいたいその理由もわかる」

「で、どう思う……」

「決まってるじゃないか。いるんだよ、そいつが。ここにな……」

コリンの青い目が、好奇心に満ちて輝いた。

6

有賀とコリンが沖縄に来て、一週間が過ぎた。

一度、小さな台風が接近し、二日ほど雨に降り込められたが、それ以外は毎日のように安佐次川に通った。

コリンは山羊の一件以来すっかりやる気になったようで、もう釣りをしようとは言わなくなった。永子を連れて沖縄市にまで買い出しに出かけ、フィールドノートや投網、水温計、小さな水槽などを買い揃《そろ》えてきた。釣り竿《ざお》のかわりにそれらの道具一式とカメラを持ち歩き、川の調査に熱中した。

むしろやる気がないのは有賀の方だった。やれ水温が何度だとか、pH《ペーハー》値がいくつだとか、河口の塩分濃度がどうだとか言われてもまったく理解できない。有賀にとって川の水などは、魚が棲める水質ならばそれでよかった。

実際、安佐次川では魚がよく釣れた。早朝や夕暮れ時に上げ潮がかさなると、河口でオニカマスやトラバリーが面白いようにルアーに喰ってくる。日中でも川エビやヤドカリなどを餌にすれば、テラピアならいくらでも釣れた。

テラピアはアフリカ産の淡水に棲むシクリッド科の魚である。元来は沖縄にはいなかった魚種だが、適応力が強く、食用として輸入されたものが島内に定着している。言わばブラックバスなどと同じ、外来魚である。本土ではイズミダイと称して店で切身が売られることもあるが、魚の豊富な沖縄で食べる者はいない。もちろん有賀も食べるわけではないが、都合のいいことにこのテラピアは、ジャックの大好物だった。

コリンがフィールドワークに熱中している間、有賀は釣りをしていることが多かった。コリンはイギリス人の伝統として頑固かつ完全主義、そして盲目的な凝《こ》り性《しょう》である。この手の人間は、一人で勝手にやらせておいた方が好結果を出すものだ。

コリンは橋の上流にある、小さな中洲の周辺を特に念入りに調べていた。集落の長老が、クチフラチャの棲み家はこの辺りにあるはずだと言ったからだ。半年ほど前の明け方に、中洲の西側で泳ぐ姿を見たらしい。暗い水面に、長い首を出して進む様子は、例の写真とまったく同じだったと言っていた。

だがコリンがいくら調べてみても、その痕跡《こんせき》らしきものは何も発見できなかった。ただその辺りの水域が、塩分をかなり含む汽水域《きすいいき》であること、水温が二七度と高いことがわかったくらいだった。

そこで問題が生じた。このままでは調査にどのくらい時間がかかるのか、まったく見当もつかない。だが何かがいるとわかった以上、諦めて引き上げるわけにもいかない。特にコリンは、自分で納得するまでは徹底的にやるタイプである。そうなると、いくら好意的であるとはいえ、いつまでも永子の実家に居候《いそうろう》を決め込むわけにもいかなくなる。

安佐次から二キロほど金武町の方に戻ったところにペンションがあった。最初はそこを基地にすることを考えたのだが、結局この案は反故《ほご》になった。部屋は空いていたし、立地条件も申し分なかったのだが、何しろ二人には金がない。二人合わせても、一〇〇〇ドルそこそこしか持っていなかった。ペンションに泊まっていたのでは、一〇〇日で使いはたしてしまう。有賀は沖縄の記事を一本書き、コリンの撮った写真と共に東京の雑誌社に送ったが、その原稿料が入るまで何とかそれで食いつながなくてはならない。

だがこの問題は、永子の提案で間もなく解決した。何日でも無料で泊まれる〝別荘〟が、安佐次港の近くにあるという。

その〝別荘〟は、港に下りていく道からさらに左に折れた細い道沿いに建っていた。別荘とはいっても、要は単なる廃屋《はいおく》である。鉄筋コンクリートの二階建てで、まったく同じ間取りの一四室に区切られていた。

部屋の中には瓦礫《がれき》や空カンなどが散乱し、壁には米国風女性性器や男性性器の絵、卑猥《ひわい》な英語のスラングなどが書きなぐってある。だが掃除をし、窓に防虫網でも付ければ何とか住めそうだった。

水は安佐次の村からポリタンクで運んでくればいい。ボンベ式のガス台と、小さな発電機と、米軍払い下げの折りたたみ式ベッドでもあれば言うことはない。それらの品は、すべて永子の実家のサープラス・ショップに揃っている。シャワーはないが、これから沖縄は台風のシーズンなので、シャンプーさえ持っていれば事は足りる。

この建物は、以前は米軍将校用の本物の別荘だった。廃屋から歩いて二、三分下ると、そこに美しい砂浜がある。そこも将校用のプライベートビーチだった。軍用地として地元住民から土地を接収し、別荘を建て、遊びのために使っていたのだ。いまでもこのような施設が、沖縄には何カ所か残されている。

家としては最低のものだったが、有賀もコリンもこの廃屋に不満はなかった。元来が僻地《へきち》での野外生活に馴れている二人である。屋根の下で寝られるなら、何も不満はない。

それに何よりも、ここは地の利に優《すぐ》れていた。浜からボートを出すと、岩場をひとつ迂回《うかい》すればもうそこが安佐次川の河口だった。反対側が漁港で、海保の住む集落までは歩いても一五分ほどしか掛からない。

九月九日、有賀たちは永子の父親に商売用のピックアップを借り、廃屋に引っ越した。たいした荷物はなかったが、村人たちも総出で手を貸してくれた。しかも各家々から不用の家具などを持ち寄ってくれて、殺伐とした廃屋はまたたく間に居心地のよい新居に変身してしまった。

夜には泡盛や山羊肉、新鮮な野菜を手に村人が集まり、引っ越し祝いのパーティーまで開かれた。有賀とコリンはクチフラチャ退治に現れた変わり者として、すっかり安佐次の有名人になっていた。

廃屋に移った後も、永子は毎日のように安佐次に通ってきた。コリンに頼まれた研究用の資材を届けたり、母親が作った料理を差し入れたりと、用を作ってはやって来る。しかしそれはあくまでもうわべの理由で、本当のところは廃屋の前にある美しいビーチが気に入っているらしい。ビキニの水着で日光浴をする永子の尻も、いつの間にか村の名物になっていた。

コリンは安佐次川の調査に一層熱を入れていた。村人からもらった食器棚の上に水槽を並べ、川から採集してきた水棲動物を飼育して観察している。カダヤシやグッピーといった小魚やシリケンイモリのような小動物ばかりだが、コリンはかなり真剣だった。それとクチフラチャとどのような因果関係があるのかは有賀に理解できないが、本人の好きなようにやらせておくことにした。

有賀は川や海で釣りをしたり、ビーチで永子の尻を眺めたりして過ごした。だが遊んでばかりいたわけではない。時には村へ出かけ、泡盛でも飲みながら村人たちと話し、本人曰《いわ》く〝大切な情報〟を仕入れてくることもあった。

特に有賀が気に入っていたのは、例のクチフラチャを見たという老人だった。名を金城鉄心《てっしん》といい、すでに九二歳になる高齢であったが、体も頭も矍鑠《かくしゃく》としていた。有賀が訪ねるといつも上機嫌で、沖縄の伝説や四方山《よもやま》話などを飄然《ひょうぜん》と語り出す。独特の琉球語がまざるために聞き取りにくいのだが、それがまた楽しくもあった。

金城老人の話は面白かった。どこまでが事実で、どこからが作り話なのかすらわからないが、説得力はあった。クチフラチャに関しても、そんなものは存在することが当たり前で、信じない者が愚か者であるように思えてくる。

それを見たときのことも何回となく話して聞かせてくれた。クチフラチャは伝説のように大きくはなく、体長五間《けん》（約九メートル）ほどの小さな竜で、体に宮古上布《じょうふ》（宮古島産の伝統的な織物）を纏《まと》っていたという。しかも金城の家の裏山は竜が安佐次川から津波山へ通う道になっていて、夜中には時折その気配がするらしい。有賀はその気になって竜の足跡を探してみたが、もちろんそんなものは発見できなかった。

宮古上布の一言が、なぜか有賀は気になって仕方がなかった。もっとくわしく知りたくなり、翌日もう一度金城家を訪ねてみた。だが老人はあまり気が向かなかったらしく、クチフラチャについては何も語らなかった。泡盛の薄いお湯割りをちびちびと舐《な》めながら、戦争で亡くした息子の話をしているうちに、いつの間にか眠ってしまった。

それが有賀の見た、金城老人の最後の姿となった。

第三章　神隠し

1

いつになく、虫が騒いでいた。

草の陰で鳴く無数の声がひとつの音になり、暑い夜を包み込んでいる。

湿気を帯びた大気が、網戸から滲《し》み入るように部屋に流れ込んだ。金城真造《しんぞう》は寝苦しさに耐えられなくなり、夜中に目を覚ました。枕元の時計を見ると、まだ午前二時を少し回ったばかりだった。

このままでは今日の野良仕事が辛くなる。夜が明けるまでに、もうひと眠りしておかなければならない。汗を含んだ重い蒲団《ふとん》の上で寝返りをうち、少しでも冷たい場所を探し、そこで目を閉じた。だが眠りを求める体とは逆に神経は冴《さ》えわたり、なかなか寝つけなかった。

しばらくして金城は、階下からかすかな気配を感じた。音が聞こえてくる。床の上で、何かを引き摺《ず》るような音だ。

誰か起きているのだろうか……。

金城は闇《やみ》の中で目を開き、家族の姿を探した。隣では妻の君子《きみこ》が、何事もなかったかのように寝息を立てている。夏掛けを抱え込む胸元から白い乳房がこぼれていた。その向こうでは二人の息子が、手足を伸ばして折り重なるようにして眠っていた。

階下では金城の祖父の鉄心が寝ているはずである。九〇を過ぎた老人のことだから、夜中に便所に立ってもおかしくはない。そのような物音が聞こえてくることは、これまでにもよくあった。だが階下から聞こえてくる音は、いつもの老人の足音とはどことなく異なるような気がした。

金城真造にとって、鉄心は父親のような存在だった。第二次世界大戦中、まだ乳呑《ちの》み子だった金城は米軍の艦砲射撃で両親を亡くした。いまではその写真すら残っていない。もちろん、顔を思い出すこともできない。以後、金城にとっての肉親とは、結婚して子供を持つまで男手ひとつで自分を育ててくれた祖父の鉄心一人だけだった。

考えごとをしているうちに、金城は心配になっていた。鉄心の身に何かが起こったのかもしれない。もし体の具合でも悪くなり、一人で苦しんでいたりすると大変だ。

金城は汗ばんだ体を床の上に起こし、家族に気づかれぬように静かに部屋を出た。足を忍ばせて階段を下り、鉄心の寝室の前に立った。襖《ふすま》が少し開いていた。廊下に明かりがついているために、覗《のぞ》き込むと中の様子がひと目でわかった。

この暑さの中で、鉄心は蒲団《ふとん》を肩まで掛けて眠っていた。特に不自然な様子はなかった。枕の上の白髪の頭が、以前鉄心が可愛がっていたアヒルのように見えた。その下に、深い皺《しわ》が刻み込まれた顔がある。昼間、機嫌のいい時などには子供のように見えることもあるが、暗がりで見る寝顔はやはり老人そのものだった。金城にはそれが少し寂しかった。

だが鉄心の寝息は規則正しく、老人とは思えないほど力強かった。どうやら思い過ごしだったようだ。家族すべての無事を確認し、金城は安堵《あんど》の息を漏らした。いまはもう、あの物を引き摺るような音も聞こえてこなかった。

金城は一応、階下を点検して回った。茶の間の窓にも、入口の戸にも鍵《かぎ》がかかっている。戸の下に一辺が一尺ほどの小さな煽《あお》り戸があり、鍵がかかっていないとすればそこだけだ。以前飼っていたチブル（ヒョウタンの意）という名の雌猫が自由に出入りできるようにと、金城が作ってやったものだ。だがその雌猫も、鉄心が飼っていた二八羽のアヒルも、この一年の間に相次いで姿を消してしまった。

クチフラチャ……。

その一言が、唐突に金城の頭に浮かんだ。背筋に不快な緊張が走るのを感じた。だが金城は、あわててその思いを打ち消した。

単なる伝説なのだ。そんな怪物がこの世に存在するわけがない。考えるだけで、馬鹿げている。

便所で用を足し、金城は二階の寝室に戻った。汗にまみれた蒲団に横になると、先程より少しだけ冷たく感じられて心地よかった。

急速に眠気が襲ってきた。いつしか意識は夢と重なり合い、現実との区別がつかなくなった。夢の中で虫が鳴いている。そしてまた、あの何かを引き摺るような音が聞こえてきた。だが金城はもう寝床を離れようとはしなかった。雌猫が帰ってきた夢を見ながら、深い眠りに落ちていった。

次に金城が目を覚ましたのは、夜が明けてからだった。誰かに肩を強く揺すられて、夢を断ち切られた。重い瞼《まぶた》を持ち上げると、目の前にまだ寝巻を着た妻の君子の姿があった。顔がどことなく青ざめているように見えた。

「どうしたんだ、こんなに早く……」

金城は蒲団を頭に被りながら、迷惑げに呟《つぶや》いた。その金城を、君子がさらに揺すった。

「ウトウ、起きてよ。大変なのよ」

「大変て、何がさ……」

「タンメーがおらんのよ」

「タンメーが……」

その言葉でやっと金城は蒲団の上に体を起こした。それでもまだ頭がはっきりしない。手の平で頰《ほお》を軽くたたきながら、首を左右に振った。頭が少しずつ思考能力を取り戻してくる。

「庭で散歩でもしてるんだろう。でもなけりゃあ、また釣りさ。いつものことじゃないか」

鉄心は老人の常として朝が早い。朝方に散歩に出るのは珍しいことではないし、朝食までには必ず戻ってくる。なぜそんなことで君子が慌てているのか、金城には理解できなかった。

「それが様子がちょっとおかしいのよ。戸に内側から鍵がかかってるし」

「……」

「蒲団がメチャクチャになってて、敷布に少し血が付いてるの……」

「何だって……」

金城はおもむろに起き上がり、階段を下りた。頭を掻《か》きながら、一度、大きなあくびをした。その時はまだ金城は、まったく冷静だった。完全に覚めきらない頭の中で君子の言葉を整理し、つじつまの合う説明をつけることに懸命になっていた。

だが、昨夜まで鉄心が寝ていた部屋を見た瞬間に、すべてが崩壊した。それでもまだ冷静でいられるほど、金城は肝《きも》の据《す》わった男ではなかった。目を見開き、体が震え、その場に茫然《ぼうぜん》と立ちつくした。

鉄心は几帳面《きちょうめん》な男だった。九〇を過ぎた最近でも、自分の蒲団の上げ下ろしを欠かしたことはない。その蒲団が、まるで嵐《あらし》の後のように、部屋中に散乱していた。

君子の言ったとおり、敷布には確かに血痕《けっこん》があった。畳には爪で掻き毟《むし》ったような跡もある。襖《ふすま》もいたるところが破れていた。もう何かが起きたことは、明白だった。

金城は踵《きびす》を返すと、今度は玄関に向かった。戸には昨夜と同じように鍵がかかり、閂《かんぬき》がさしてある。鍵はまだしも、閂は外からさすことは不可能だ。

「この閂、お前がかけたのか？」

金城は後方で不安気に見守る妻の君子に訊《き》いた。だが君子はただ無言で首を横に振っただけだった。幼い息子たちは、まだ二階で眠っている。これだけの情況を繋《つな》ぎ合わせれば、事態は容易に判断できる。つまり鉄心は、まだこの家の中にいるということになる。

まさか……。

金城は、昨夜寝床の中で聞いた奇妙な音のことを思い出した。何かを引き摺るような、あの音だ。二度目に眠りについた時にも、聞こえたような気がする。かなり長く、夜が明ける間際まで続いていたような記憶もあった。

原因は、あの音しか考えられない。

「君子、上に行ってろ」

「え……？」

「いいから上に行ってろ。子供たちも上にいさせろ。おれがもういいというまで、絶対に下りてくるな。わかったら早く行け」

「はい……」

君子は訝《いぶか》し気な表情で金城を見ながら、階段を上っていった。

金城は鉄心の寝室に戻った。その乱雑な室内を見ると、改めて心が動揺した。血まみれの鉄心が、部屋のどこかにころがっているような幻影が頭をかすめる。だが、こうしてはいられない。もし鉄心がこの家の中にいるのなら、一刻も早く探さなければならない。

思い立ったように、部屋の中を調べ始めた。蒲団の下、箪笥《たんす》の裏、そして押入れの中を見た。さして広い部屋でもなく、家具も少なかった。ひととおり見たが、鉄心の姿はなかった。

次に、茶の間を見た。小さな食卓と茶箪笥、冷蔵庫とテレビが置いてあるだけの部屋だ。部屋の片隅に、子供たちの玩具《おもちゃ》が落ちていた。特に異状はなかった。台所と風呂場も見て回った。戸の付いている家具は、すべて中を開けてみた。人間が一人隠れられるだけの空間は、すべて確認した。窓にも、すべて内側から鍵がかかっている。

そして最後に、便所だけが残った。

金城は戸の前に立ち、大きく息を吸い込んだ。鉄心がいるとすれば、もうここしか考えられない。中で倒れているのだろうか。それとも……。

金城は昨夜、鉄心の様子を見にきた折にここで用を足したことを思い出した。その時は何の変哲もなかった便所の戸が、いまは魔窟《まくつ》の入口のように思えた。なぜあの時は平気だったのか。いまとなってはそれすらも不思議だった。

取っ手を握った。

呼吸を整えた。

戸を開けると同時に、少しでも遠くへ離れようと考えた。

腹に力を入れ、一気に戸を引いた。

金城はいきおい余って尻餅《しりもち》をつき、そのまま廊下の上を滑るように数メートル後ずさった。

中が見えた。誰もいなかった。そこには昨夜と同じように、水洗の便器が白く輝いているだけだった。

物音に驚いて、君子が足早に階段を下りてきた。

「ウトウ、どうしたの」

君子が言った。

「お、下りてくるなって言ったろうが」

尻餅をついたまま、金城が答えた。

「だってすごい音がしたもんだから……」

「な、何でもねえよ。ハハハハハ……」

その時金城は、奇妙なことに気がついた。廊下が濡《ぬ》れている。尻が冷たかった。手にも水が付いていた。だが、失禁した覚えはなかった。

手に付いた水の匂《にお》いを嗅《か》いでみても、まったく無臭だった。色もない。こんなことは、いままで一度もなかった……。

何の水なのだろうか。

鉄心がこの暑さの中で、氷のように溶けてしまったかのようだった。

金城は馬鹿げたことを考えて、また一人で笑いだした。

2

電話を受けた瞬間に、またか、と思った。

屋宜英仁《やぎひでひと》は受話器の向こうでがなり立てる男の声を聞き流しながら、柱の時計を見た。まだ七時半になったばかりである。

食卓の上では、ガニの味噌《みそ》汁が湯気を立てていた。それをゆっくり味わう間もなく〝仕事〟に出ることを考えると、気が重くなった。だが〝事件〟となれば、警察官は何をさておいても出向かないわけにはいかない。

電話を切って溜息《ためいき》をついた。皿の上の玉子焼きを指でつまんで口に放り込み、味噌汁で腹の中に流し込んだ。あやうく火傷《やけど》しそうになり、顔をしかめた。

「出掛けてくる」

屋宜は飯を盛ろうとしている妻にそう言うと、食卓を立った。

「どうしたの。また安佐次で何かあったの？」

「ああ、そうだ」

屋宜は面倒くさそうに答えながら、壁に掛けてあった紺色の制服を身に着けはじめた。

「今度は何だって。ブタ？　それともアヒル？」

「人間だそうだ。九二歳の老人が一人、消えちまったんだとさ」

「あらまあ……」

外に出ると、厚い雲が空を覆っていた。ねっとりとした空気が肌にからみつく。屋宜はヘルメットを被り、五〇ccの小さなバイクに跨《また》がった。海沿いの道に出て走り始めると、朝の空気が多少は気分よく感じられた。

屋宜は有銘の駐在所に詰める警察官だ。北は伊是名《いぜな》から、南は有津《あっつ》までの有銘湾一帯が彼の管轄である。七年前までは名護市内の交番に勤務していたが、結婚したのを機にこの地に移り住んだ。

一日に二回のパトロールと、夜の日誌書きが屋宜のささやかな仕事だった。あとは駐在所内で昼寝でもして、平穏な一日が過ぎていくのを待てばよい。七年も駐在をやっていると、管轄内の住人もほとんど顔見知りになっている。たまに村人から電話が入っても、ほとんどが夜のお誘いだ。今朝電話をしてきた金城という男も、何回か酒の席で同席した覚えがあった。

元来が平和な土地である。この七年間、事件らしきものなど数えるほどしか起きていない。それも夏場に観光客が海で溺《おぼ》れたとか、ちょっとした交通事故だとか、村人がハブに咬《か》まれたといった程度のものだ。

ところが一年ほど前から、管轄内の安佐次の村からたびたび呼び出しがかかるようになった。それもブタが逃げたとかアヒルが消えたとかの、たわいもないものばかりだった。一応は村人の申し出どおり〝盗難事件〟として処理してはいるが、実際には怪しいものだ。家畜以外の盗難など、ほとんど起こらない土地なのである。

安佐次からの通報は、今月に入ってすでに二度目である。一〇日ほど前には山羊が死んだと電話が入り、夕飯の前に駆けつけてみたところ、その家では酒宴の真っ最中だった。死んだ山羊は、ほとんど刺身と山羊汁になって村人の胃袋に収まっていた。これでは調べようがなかった。

ところが今回は、老人が一人行方不明になったという。朝起きてみたら寝床の中に姿がなかったらしい。電話をしてきた金城という男は、鍵がかかっているとか床が濡れていたとか、何やら訳のわからないことを言って興奮していた。どうも安佐次の村人は、最近神経質になっているようだ。

おおかた家族と喧嘩《けんか》をして、家出でもしたのだろう。もし老人の家出を〝事件〟と呼ぶのなら、その程度の事件はこの辺りでも珍しいことではない。

安佐次の村に入ると、金城真造が家の前で待ち構えていた。電話での様子そのままに、かなり動揺しているように見えた。まあ、それも無理はない。九二歳の老人が黙って家を空ければ、たとえそれが単なる朝の散歩であっても家族は心配するものだ。

金城と共に家に入った。中には金城の妻と二人の子供が、やはり不安そうに屋宜を待っていた。家族の説明を受けながら、屋宜は家の中を見て回った。だがこれといって不自然なところもない。確かに蒲団は乱れているが、人間が一人寝て起きればこの程度にはなるだろう。行方不明になったという金城老人が、普段は寝相がよかったかどうかなど、屋宜にはたいして興味はなかった。

確かに敷布に血痕はあったが、せいぜい鼻血程度のものだった。屋宜は若い頃から痔《じ》を患っているので、敷布を血で汚すことは珍しくもない。いずれにしろ人間の生死を論じるような量ではなかった。

廊下が濡れていたとはいっても、いまはすでに乾いてしまっていた。金城はまた、家中の鍵がすべて内側からかかっていたこと、完全に密室だったことをしきりに強調している。

だがそれも、屋宜にはたいした問題とは思えなかった。誰かが寝ぼけて無意識のうちに鍵をかけたのかもしれない。だいたい五人もの人間が中にいる一軒家の密室など、存在しないも同じだ。

屋宜は金城に、老人と家族との間にいさかいがなかったかどうか、家出の理由が思い当たらないかどうかを訊《たず》ねてみた。すると金城は、猛然と喰ってかかってきた。そんなことは考える方が無礼だと声を荒らげた。

金城はお人よしだが気が短い。屋宜は長い付き合いでそれを知っている。こうなると真実を調べるよりも、金城を宥《なだ》めることが先決だった。

結局、屋宜には何もわからなかった。家族の言い分をすべて聞き、家の中は一応調べてみたが、特に事件性は感じられなかった。もし老人が帰ってきたら、駐在所に一報入れるようにと言い残し、金城の家を出た。金城は捜索願いを出すと言い張ったが、もし翌日までに帰らなければ受け付けると約束してなんとか説き伏せた。

とにかくこれは家出である。それでもなければ単なる散歩だ。いずれにしろ老人は、昼までには村人の誰かが見つけるだろう。

帰り道で屋宜は、その日の日誌に書き込むことになる老人の家出に関する一文を頭の中で考えた。屋宜にとっての今日の事件は、日誌をいつもより二、三行余計に書くことと、朝飯を食いそびれたことくらいだった。駐在としての日常は、今日も安泰《あんたい》だった。

3

水面を飛沫《しぶき》をあげて走るポッパーが、急に消し込まれた。

次の瞬間、一二ポンドのラインがいきおいよく横に走った。その動きを見て、有賀にはヒットした魚が今日二匹目のトラバリー（ヒラアジ）であることがわかった。

小物だった。おそらく最初の一匹と同じくらいのパンサイズ（フライパンにちょうどよい大きさ）だろう。だがこの手の魚の常として、釣り味は悪くはない。

有賀は膝《ひざ》まで安佐次川に立ち込み、左手一本でロッドを支えながら、しばらくそのファイトを楽しんだ。動きが弱まったところで、無造作にリールを巻く。トラバリーはほとんど抵抗なく有賀の足元に寄せられてきた。

七フィートのミディアムアクションのロッドにＡＢＵの三五〇〇Ｃというタックルには、少しばかり役不足だった。ライトタックルならば、それなりに楽しめたかもしれない。だが数日前の早朝に、有賀はこの場所で、とてつもない大物と遭遇していた。八ポンドラインのタックルでヒットさせ、まったく歯が立たずに切られてしまった。

安佐次川の河口でルアーにヒットする魚は、パンサイズのトラバリーかバラクーダ（オニカマス）、あとはガチャマヤくらいのものだ。バラクーダは多少大きなものも釣れるが、それでも五〇センチを超えることはなかった。ところがいきなり予想外の大物がヒットし、慌てることもある。

それがまた、沖縄の釣りの面白いところでもあった。以来有賀は、小物とのやりとりを楽しむような釣りは考えないことにした。いつ大物がヒットしてもいいように、ワンランク上のタックルを使うようになった。

砂泥の浜に上がり、マングローブの根元に置いてあるアイスボックスにトラバリーを投げ入れた。トラバリーは氷の冷たさに驚き、しばらくあばれたが、すぐに静かになった。中には同じくらいのトラバリーがもう一匹と、三〇センチほどのバラクーダが四匹入っている。早朝に一時間のルアーフィッシングの釣果《ちょうか》としては、まずまずだった。

有賀は釣った魚は〝食う〟主義である。食わない魚は最初から釣らない。ただ単に魚を傷つけて逃がしてやるだけのスポーツフィッシングは、どうも好きになれない。

ロッドをアイスボックスに立て掛け、浜に腰を下ろした。ダンガリーのシャツの胸ポケットからマールボロを一本取り出し、ジッポーで火を点ける。一時間振りのタバコの煙が、血液の中に心地よく浸透していく。

空には雲がたれこめ、いまにも雨が落ちてきそうだった。風も次第に強くなりはじめている。

九月の沖縄は、台風の季節だ。明日の朝は、おそらく釣りどころではなくなるだろう。台風の前は、魚が活発に餌《えさ》を追う。コリンがボートで迎えに来る前に、もう少し食いぶちを確保しておかなければならない。

その時、有賀の数メートル横で、マングローブの葉が揺れた。ガサガサと音をたてながら、大きな動物がこちらに向かってくる。間もなくマングローブの根元から、ジャックの愛嬌《あいきょう》のある顔が現れた。

ジャックの様子がいつもと違っていた。何かを言いたげだった。有賀に黙って近づくと、まくり上げているズボンの裾《すそ》を銜《くわ》えてさかんに引っぱる。

どうやら、どこかまで有賀を連れて行こうとしているらしい。近くで大きな魚でも見つけたのだろう。アラスカにいた頃にも、このようなことがよくあった。

ジャックは茨城県の牛久沼《うしくぬま》の近くで生まれた。生後四カ月くらいまでの野良犬時代、釣り人からもらったフナなどで飢えを凌《しの》いで成長したらしい。そのせいか、成犬となったいまも魚が好物だった。そして有賀に魚を釣らせれば、自分も分け前にありつけることを心得ている。

有賀はロッドを手にして立ち上がった。それだけでジャックは自分の意思が伝わったことを察したようだ。ズボンの裾を口から離すと、元のマングローブの林の中に分け入った。有賀は水辺に出ると、砂泥の浜に沿ってその後を追った。ジャックは時折、有賀を振り返りながら、マングローブに身を隠すようにして進んでいく。

足音を忍ばせているつもりなのか、まるで猫のような歩き方だった。だがそこは犬の悲しさで、適当に音を立ててしまう。小枝でも踏みつけると一瞬動きを止め、また歩き出す。その様子が真剣そのもので、なんとも滑稽《こっけい》だった。

しばらくすると、ジャックが立ち止まった。そのまま上流の水面の一点を凝視している。有賀はジャックの脇《わき》で身をかがめ、その視線を追った。水際の浅瀬で、水面が不自然に揺れ動いていた。

何かがいる。魚だ。しかも、かなり大きい。

水面に浮いているところをみると、バラクーダだろうか。一メートル近くはある。どうやら近くの浜の上で餌を漁《あさ》っているトントンミー（トビハゼ）が、水に入るのを待ちかまえているらしい。ルアーで狙《ねら》うには絶好の獲物だった。

問題は、距離だ。有賀のいる場所からは一五メートルは離れている。しかもその間に身を隠すものは何もない。ジャックがここで立ち止まったのも、ここまでは安全だという野性の勘である。獲物にこれ以上不用意に近づけば、逃げられてしまうだろう。

いくらチューニングを施してあるとはいえ、旧式の三五〇〇Cにはちょっときついロングキャストだ。軽いルアーでは、ポイントまで届きそうもない。有賀はポケットから小さなルアーボックスを取り出し、重量のあるルアーを探した。しかしほとんどが小型の軽いものばかりで、使えそうなものは二つしか入っていなかった。

有賀はその中からラパラのブルーのミノーを選んだ。手早くそれをラインの先に結び付ける。ロッドを構え、浜に膝をつけたまま、オーバースローで振った。ルアーはバラクーダの二メートルほど先に落ちた。そこでしばらく待つ。そしてゆっくりと、ルアーがバラクーダの前を通過するようにリールを巻き始める。ルアーが鼻先をかすめる。水面の動きに、僅《わず》かな反応があった。だが、何も起こらなかった。ルアーはバラクーダの前を通り越し、水際に沿って静かに引き寄せられてくる。

もう一度試してみた。今度も同じだった。ルアーに多少アクションをつけてみたが、まったく追ってくる気配はなかった。

どうやらルアーを見破られてしまったらしい。これ以上試してみても無駄のようだ。バラクーダは何事もなかったかのように元の水面に浮いている。

　このような場合は、ルアーを変えてみるのがセオリーだ。だが有賀の手持ちは少ない。ポイントまで届きそうな大きなものは、ヘドンのクレイジー・クローラーしか残っていない。

　まるで達磨《だるま》のような体に、金属性の大きな二枚の羽根が作り出すアクションが、時には思いもよらない釣果を生み出すこともある。実際にブラックバスはこれによく喰ってくるし、オーストラリアではクロコダイルの子供が釣れてしまったこともあった。だがこのルアーでバラクーダを釣ったという話は、一度も聞いたことはない。

　とりあえず、試してみることにした。ラパラを外し、クレイジー・クローラーをラインの先に結ぶ。ジャックが心配そうに有賀を見ている。犬の目にも、魚が釣れるようなルアーには見えないらしい。

　運まかせでロッドを振った。クレイジー・クローラーはまるでセミが回転するように宙を舞い、バラクーダの鼻先に落ちた。ラインを巻き取ると、ルアーが狂ったような動きで水面を走る。

　突然水面が割れた。

狂暴な大きな口が開き、ルアーに襲いかかるのが見えた。

バラクーダはルアーを銜《くわ》えた瞬間に体を反転させ、尾で水飛沫を上げて水の中を走った。七フィートのロッドが根本まで締め込まれる。ＡＢＵアンバサダー特有のドラグが正確に作動し、心地よい音と共にラインを送り出していく。

沖縄にきて初めて、リールのドラグの音を聞いた。有賀はその感触を心ゆくまで堪能《たんのう》した。パイクに似たノッタリとしたファイトだが、海の魚だけあってさすがに引きは強かった。ジャックが大声で吠《ほ》えながら、尾を振って浜を走り回っている。

魚が弱るのを待って、ポンピングでラインを巻き取る。少しずつ有賀との距離が詰まる。水際まできた時に一度大暴れをしたが、バラクーダの抵抗もそこまでだった。ラインを摑《つか》んで浜に引き摺り上げると、二、三度跳ねてすぐにおとなしくなった。体長は約一メートル、二〇ポンド近い大物だった。

有賀は浜に腰を下ろし、今日三本目のマールボロに火を点けた。ジャックは唸《うな》り声を上げながら、バラクーダの周りをグルグルと回っている。だが一定の距離を保ち、それ以上は近づこうとしない。

一年前にカナダで釣ったばかりのパイクにちょっかいを出し、鼻を咬まれて痛い目にあったことがある。それを覚えているのだろう。

下流から聞き馴れたエンジン音が聞こえてくるのと、空から大粒の雨が落ちてくるのがほとんど同時だった。立ち上がると、長い航跡を引いてこちらに向かうボートが見えた。有賀は船上のコリンに手を挙げて合図を送った。コリンはそれを見て、さらにスロットルを開いた。陸に近くなってもほとんど速度を緩めず、乱暴に浜に乗り上げてエンジンを切った。

「ほう……。こりゃすごいな。一〇人分はフィッシュ・チップスが作れるぜ」

浜に寝ている大きなバラクーダを見て、コリンが言った。

「半分はジャックのものだ。猟犬の当然の権利ってやつさ」

「なるほどね。ヘボのお前さんにしては上出来すぎると思ったよ。ルアーは何だい？」

「これさ」

そう言って有賀は、バラクーダに嚙まれてひしゃげたクレイジー・クローラーを見せた。コリンはそれを見て、あきれた顔で天を仰いだ。

「ところでユウジロウ、今朝、村からカイホウサンが来たぜ」

「何か用でもあったのか」

「そんなことおれにわかるかい。日本語はチンプンカンプンなんだぜ。これを渡してすぐに帰ったよ」

コリンがポケットから小さな紙片を取り出し、有賀に渡した。広げると、中に何かが書いてある。よほど慌てていたのだろう、乱雑な字だった。それを読み進むうちに、有賀の顔色が変わった。

〈――村で神隠しが起きた。金城のタンメーが姿を消した。早速来られたし。
海保義正――〉

紙にはそう書いてあった。

「何かあったのか？」

心配そうにコリンが訊いた。

「金城老人が消えちまったらしい。原因とか状況に関しては何も書いてない。とにかく、村に行ってみよう」

「わかった」

二人はボートを安佐次川に押し出し、釣り道具とバラクーダを投げ入れると、ジャックと共にそれに飛び乗った。コリンがエンジンをかけ、スロットルを開いてボートをターンさせた。

雨と風が、次第に強くなりはじめていた。

4

横なぐりの雨がフロントウインドーをたたき続けた。

その上でワイパーが、せわしなく動き回る。だが、視界は海の中のようにぼやけていた。

時折、消波ブロックを越えてくる高波から逃げるように、フランク・ガードナー伍長は七八年式のトヨタのアクセルを踏み込んだ。一二〇〇ccのエンジンが悲鳴を上げるまで回しても、思うように加速してくれない。車内はまるで棺桶《かんおけ》のように狭苦しく、錆《さ》びた屋根の穴からは雨水が滝のように吹き込んでくる。

カーラジオから流れるFENオキナワ放送は、ジャズの特別番組を中断してニュースに切り換わった。東部訛《なまり》の残る耳ざわりな英語が、事務的に台風情報を伝えてくる。

オキナワは九月一五日午後一時三〇分現在、台風一四号の暴風雨圏内に入った。現在の最大風速は二八メートル。だが風と雨は、これからさらに強くなる模様。また明日の夕方には、本島を直撃する可能性が高い。

アナウンサーが米軍関係者に注意を呼びかけたところで、ニュースが終わった。そしてまた唐突に音楽が流れ始めた。

フランクはそこでラジオを切った。

「動物は荒天の前に腹を減らすものだ……」

子供の頃、祖父の言った言葉を思い出して口元に笑みを浮かべた。これは野生動物、特に肉食動物にはほとんどあてはまる習性だ。

天候が悪くなれば、獲物がとれなくなる。だからその前に、腹を満たしておく。単純明快な理屈だ。

かつてフランクの育った牧場でも、荒天の前には警戒を強めたものだ。生まれたばかりの子牛をピューマにやられるのは、決まってそのような日だった。銃を撃てるようになったばかりの幼いフランクまで、警備に駆り出されることも珍しくなかった。

すでに手遅れかもしれない。この風と雨では、もう〝奴〟はねぐらに帰ってしまっているだろう。もし、もう一日早く気がついていれば、絶好のチャンスだったのかもしれないが……。

だが安佐次まで行けば、手掛かりくらいはつかめる可能性はある。〝奴〟がフランクが考えるように肉食動物ならば、昨夜あたりに何かが起きているはずだ。家畜がやられているか、もしくは……。

日中だというのに、国道三二九号線はほとんど車が走っていなかった。海沿いの道を走り抜け、しばらくすると右手にキャンプ・シュワーブが見えてくる。隣接する辺野古《へのこ》の町には、金武町と同じように米軍相手のバー・ストリートがある。この辺りでは最も大きな町だ。だが国道に面した何軒かの商店はすべてシャッターを下ろし、眠るように台風に耐えていた。キャンプの金網の中にも、人影は見えなかった。

それにしても、不思議なことがあるものだ。人間は自分の予測にまったく反する事実を目《ま》の当たりにすると、理由もなく不安を覚えることがある。たとえそれが、自分にとって利益になることであったとしても、だ。そしてあの時のフランクは、まさにその典型だった。

なぜミラー大尉は、あのような反応を見せたのだろうか。

フランクは沖縄最大の海兵隊基地、キャンプ・ハンセンのＭＰである。約二カ月前の七月二〇日、基地の黒人兵が一人行方不明になり、ひょんなことからその調査担当責任者を押しつけられた。部下を何人か連れて事件の起きた安佐次川周辺を調べ、レポートを書いた。だがその黒人兵が水死したらしいという結論が、ミラー大尉には気に入らなかったようだ。間もなく大尉に呼び出され、事件の再調査を命じられた。

問題は二度目のレポートだった。書いた本人のフランクが考えても、あのレポートは常識的なものとはいえなかった。なにしろ黒人兵の失踪《しっそう》した原因を、沖縄の伝説の竜、クチフラチャに襲われたものと推定したのである。

もちろんフランク本人には、ある程度の確証はあった。その黒人兵、ベン・ライルの私室には、彼のフィールドノートや日記が大量に残されていた。それを読むうちに、ベンがクチフラチャを研究していること、実際に安佐次のジャングルでそれを目撃していることがわかった。

人間は、日記の中で嘘《うそ》をつくことはない。教会の懺悔《ざんげ》室の中での言葉よりも、むしろ信用できるものだ。その黒人兵が見たというのならば、それは事実なのだろう。そしてベン・ライルは、クチフラチャの写真を撮るために安佐次に向かい、そのまま行方がわからなくなった。

だがミラー大尉がどう考えるかは、まったく別問題だった。この科学の時代に、しかも論理と常識を重んずる軍部内で、伝説の竜の話などを持ち出すほうがどうかしている。当然ミラー大尉の逆鱗《げきりん》に触れるものと覚悟していた。

ところがフランクのレポートに対する反応は、まったく逆だった。ミラー大尉は、それを高く評価したのだ。クチフラチャはともかくとして、安佐次には何か得体の知れない動物が潜んでいる。大尉はレポートを読む前からそう考えていたらしい。

なぜ大尉がそう考えたのか。その理由はわからない。ともかく例のレポートが、フランクの幸運の始まりとなった。

フランクはクチフラチャの調査を命じられた。その存在を確認し、できれば捕獲すること。もちろん生死は問わない。しかも非公式に、表向きは個人の民間人として行動する。

秘密は厳守すること。調査のためには無制限の公休と週五〇〇ドルの行動費が与えられる。その使用目的は一切問われることはない。そして作戦が完了した折には、二階級特進の栄誉が待っている。

フランクは神に与えられた幸運と、ミラー大尉の英断に感謝した。以前から軍の上層部に、秘密の特別作戦が存在していることは耳にしていた。だがそれはごく一部のエリートの仕事であって、フランクのような落ちこぼれには縁のないものだと思っていた。ところがその役目が、ちょっとした気まぐれで書いたレポートが元で、自分の手元にころがり込んできたのだ。

いまや、自分が軍のエリートになった気分だった。こんなポンコツ車に乗り、台風の中を走っている男が軍の機密を担《にな》っているなどと、誰が考えるだろうか。これをきっかけにして、人生が変わる予感がある。自分に与えられた、最初で最後のチャンスかもしれない。

フランクは屑鉄《くずてつ》寸前のトヨタに鞭《むち》を打った。あえぎながら坂を上り、二見《ふたみ》から国道を逸れて県道七〇号線に入る。海沿いまでワインディングロードを一気に下った。海は灰色に沈み、断末魔のごとく荒れ狂い、トヨタに襲いかかる。

途中で大浦《おおうら》川を越えた。いつもは止水のように静かな川が増水し、土色の濁流が海に押し出されている。安佐次川も、おそらくここと同じようなものだろう。だとすれば、もう何も残っていないかもしれない。

だが、ともかく今は安佐次に急ぐことだ。それがミラー大尉の恩に報《むく》いるための、唯一最良の方法なのだ。

5

有賀雄二郎は米軍払い下げのポンチョの下から腕を出し、ホイヤーのダイバーズ・ウォッチに目をやった。

間もなく午後二時になろうとしている。金城老人が姿を消してから、すでに八時間近くが経過していた。有賀を含め、村人たちは総出で老人の捜索を行なっているが、手掛かりは何も摑めていない。

有賀はフードからしたたり落ちる雨水をぬぐうと、ジャングルの中をまた歩き始めた。後方から、やはりポンチョに身を包んだコリンがついてくる。

集落から安佐次川まで、ジャングルを縫うように小道が続いていた。以前、金城老人が、朝夕に釣り竿を手に通った静かな散歩道である。だがいまは強風の中で木々が波打ち、雨と共に泥が流れ、自然の狂暴な牙《きば》を剝《む》き出しにして襲いかかってくる。

二人の間をジャックが走り回り、さかんに匂いを探していた。この犬には野性が残っている。雨も風も苦にすることなく、本能を刺激する好奇心に夢中だ。有賀にはそれが頼もしかった。

このような時に頼りになるのは、結局は野性の勘だけなのかもしれない。机上の理論は、役に立たない。

だが今日のジャックの反応と行動は、有賀には理解し難いものだった。ジャックは何かを感じ、考えているようなのだが、その真意が有賀には伝わってこない。迷っているのだろうか。それともすでに、結論に達しているのだろうか。言葉が通じないことがもどかしく思えた。

朝、有賀は集落に住む海保義正から連絡を受けて、金城の家に向かった。ジャックもいっしょだった。老人の寝室に入り、その場に残る匂いをかいだ瞬間、ジャックが何かを察したように鼻声で鳴き始めた。

そこまでは有賀にも予想できた。老人の身に何かが起きたことを、ジャックも理解したのだ。そしてそのジャックの反応により、有賀もまたある事実を確認した。つまり老人は、すでにこの世にはいないということになる。

問題なのはその後のジャックの行動だった。もし老人が生きてはいないとしても、ジャックなら匂いを頼りに探すことは容易なはずだ。だがジャックは、それをしようとはしなかった。しばらく辺りを嗅ぎ回っていたが、すぐに諦めてしまった。

もし例の動物に襲われたのだとしたら。そしてすでに食われてしまったのだとしたら。そう仮定したとしても、ジャックの行動を説明することは不可能だった。もしそのような動物があの場に存在するならば、ジャックはそれなりの反応を示したはずなのだ。

ジャックは黙って有賀の足元にうずくまっていた。吠えることさえしなかった。理解を超えた何かに不安を感じ、惑わされているようにも見えた。犬の嗅覚《きゆうかく》を欺《あざむ》ける動物などいるだろうか。たとえそれが伝説の竜、クチフラチャであったとしても、匂いくらいは残すはずだ。それともクチフラチャなど、最初から存在しないのか……。

かつて金城老人は、クチフラチャは体に宮古上布を纏《まと》っていた、と語った。だが衣を纏った竜など、実際に存在するわけがない。有賀はその話を、老人の四方山話として受け流していた。

その言葉が、いまは頭の中から離れなくなっていた。体に衣を纏い、匂いを持たず、山羊や人間を丸呑みするような動物。いままでに得たデータを元にクチフラチャを想定すると、そのようなことになる。もしそんな動物が実在するとしたら、素戔嗚尊《すさのおのみこと》でもいなければ退治できないだろう。

有賀の頭上で、木の枝が風を受けて大きくたわんだ。一瞬、その姿が雲に乗って空を飛ぶ竜のように見えた。

ジャングルを抜け、安佐次川のマングローブ林に出た。風と雨がさらに強く襲いかかってくる。この台風の中では、さすがに米軍のポンチョでもほとんど役に立たなかった。

濁流で川はかなり水嵩《みずかさ》が上がっていた。いつもはトントンミーで賑《にぎ》わう干潟《ひがた》もすべて水没している。あらゆるものが風と水に流されていく。ただマングローブだけがその根で大地を摑み、風と濁流に耐えていた。

「どうする、ユウジロウ。これじゃあ何もわからないぜ。九二歳の老人が半日も生きていられる情況じゃないな。調べても無駄だよ」

後方からコリンが声を掛けた。

「そうだな……。下流に向かって、橋からハウスに戻ろう」

「そうしよう……。いや、ちょっと待ってくれ。確かめておきたいことがあるんだ……」

そう言うとコリンは濁流の中に入り、上流に向かって歩きだした。

「どこに行くんだ？」

有賀が訊《き》いた。

「まあいいからついて来いよ」

コリンは有賀にかまわず進んでいく。仕方なく有賀もそれに続いた。川の中には低い中洲がある。いつか金城老人が、クチフラチャを目撃したあたりだ。間もなくコリンは、小さな水路の前で足を止めた。

以前に見た時には、水は涸《か》れていた。だがいまは、かなりの量の水が川に流れ込んでいた。

「なるほどね……」

コリンが呟いた。

「どうしたんだ。この水路がどうかしたのか。まさかお前……」

「そのまさかさ。前にここを見た時にも、ふと考えたんだよ。ここから例のボートが流れ出してきたんじゃないかってね。それを思い出したのさ。だからこの水路が大雨の日にどうなっているか、確かめておきたかったんだ」

確かに水路には水が流れていた。だが水量は少ない。流れの幅も、水深も、とてもボートを押し流すほどのものではなかった。

「その可能性はなさそうだな」

「そうかもしれない。でも気になるんだよ。この水路に何かあるってな。仕方がない。台風が行っちまったらもう一度来てみよう」

コリンは多少がっかりした様子だった。

クチフラチャの正体以外にも、解決しなければならない謎はいくらでもあった。ベン・ライルのボートは、なぜ安佐次川を流れていたのか。彼のピックアップは、どこにあるのか。ひとつでも謎が解明されれば、事件の真相に大きく近づくことができるはずだ。だが沖縄に来て二週間以上になるが、情況はまったく進展していない。

二人は下流に向かって歩き始めた。川の水量は刻一刻と増している。腰まで濁流に浸かり、マングローブの幹を摑んで体を支える。

だが速い流れに足元をすくわれ、思うように進むことができない。陸に向かおうとする意志とは逆に、流れは二人の体を川の中央に押し出そうとする。

ジャックはマングローブ林の中を泳ぎ切ると、土手に駆け上がった。体を振って水を切り、二人の様子を見守っている。時折、こちらに来いといわんばかりに声を絞り出して吠えた。

できるならば、そうしたいところだ。だが人間は、犬のように身軽には行動できない。

コリンが遅れていた。気がつくと有賀との距離は、一〇メートル近く離れてしまっていた。マングローブにしがみつき、身動きができなくなっている。

「だいじょうぶかあ——」

有賀は風に負けないように、大声で叫んだ。コリンが笑いながら右手を振った。だが、目が真剣だった。

その時、幹の裂ける音がした。コリンの体が、左手にマングローブの枝を握ったまま濁流の中に崩れた。ダークグリーンのポンチョが土色の水にもまれながら、一瞬で川の中央に運び去られた。

その時、有賀は思い出した。

コリンは、泳げない……。

体からポンチョを剝ぎ取り、そのまま流れに身をまかせた。抜き手を切りながら、コリンを追った。ジャックもそれを見て、土手から川に飛んだ。

流れの中で、コリンが浮き沈みしているのが見えた。有賀は渾身《こんしん》の力を込めて水を蹴《け》った。途中でじゃまになるワークブーツを脱ぎ捨てた。五年間愛用している大切なブーツだが、そんなことにかまっている場合ではない。

泳ぐ速度が増した。コリンとの差が少しずつ、詰まってきた。だいじょうぶだ。これなら、追いつける……。

目と鼻の先にコリンの体があった。

コリンの手が、何かを探すように水面でもがいていた。

有賀は腕を伸ばし、コリンのポンチョを摑んだ。それを引き寄せた。

急に、軽くなった……。

コリンの体が抜け落ち、手の中にポンチョだけが残った。

まずい……。

有賀はコリンを探した。だがコリンは濁流に呑み込まれたまま、二度と浮き上がらなかった。流されながら水に潜ってみたが、褐色の闇がすべてを被い隠していた。

ジャックが有賀の元に泳ぎ着いた。有賀を気遣うように体を寄せてくる。

「ジャック、おれは大丈夫だ。それよりコリンだ。コリンを探せ。探すんだ」

だがジャックは有賀から離れようとはしなかった。有賀が何を言っても無駄だった。

ジャックにとって最も大切なものは、常に主人である有賀なのだ。時には自分自身の命よりも。それもまた、犬だけが持つ特異な本能なのだ。

有賀は、すべてが終わったことを悟った。体から急激に力が抜けていくのを感じた。もう、なすすべはない。自然の猛威の前で、人間は時として子羊のごとく無力になる。

自分は全力を尽くした。だが力が及ばなかった。それが、コリンの運命だったのだ。

流れに身をまかせながら、岸に向かった。

もうコリンのことは考えなかった。いまの有賀にできることは、自分とジャックを何とかこの濁流から脱出させることだけだ。だが、それすらも困難なことのように思えた。

濁流は、有賀の体をも呑み込もうとしていた。

6

橋の上から見る安佐次川は、縛《いまし》めを解かれた魔物のようだった。

山で目覚め、すべてを破壊しつくして海に下る伝説の竜そのものだ。

巨大なエネルギーが、絶え間なく炸裂《さくれつ》を繰り返している。川幅は、いつもの倍以上にふくれあがっていた。橋から見下ろしているだけで、総毛立つほどの恐怖が湧き上がってくる。

この狂騒の中に、あの二人がいる……。

間もなく永子が待つ安佐次大橋の下に、有賀とコリン、そしてジャックが姿を見せるはずだった。永子はポンチョのフードの下に手をあてて雨をさえぎり、荒れ狂う風景の中に二人の姿を探した。だが視界にあるものは、風と雨と濁流の織り成す暗澹《あんたん》とした空間だけだった。

時計はすでに午後三時を回っていた。二人が安佐次川の集落を出てから、すでに二時間が経過している。いくらこの台風の中とはいえ、遅すぎる。

朝、有賀からの電話で金城老人が行方不明になったことを知り、安佐次の村に駆けつけた。実家のサープラス・ショップから持ち出してきたポンチョを村の男たちに配り、自分も老人の捜索に参加した。

午後になって台風が荒れはじめた。それでも永子は、男たちと共に捜索を続けるつもりでいた。それが当然だと考えていた。

永子は男まさりを自任していた。常に男たちと共に行動し、自分も男として扱われることに馴《な》れていた。自分が女になるのは、ベッドの中で男と寝ている時だけだ……。

そのプライドを、有賀は一蹴《いっしゅう》した。女は足手まといになる。だから先に戻って待っていろと、そう言われた。永子がいくら反発しても、取り合ってもらえなかった。

腹が立った。有賀とコリンが宿にしている廃屋に帰り、泡盛をひっかけて憂《う》さを晴らした。だがいてもたってもいられなくなり、家を飛び出してきた。

橋の上で待つことも楽ではなかった。ポンチョの下に風と雨が吹き込み、体が濡れ鼠《ねずみ》になっている。寒さが、不安を倍加させた。その不安も自分に対してではなく、二人の男の身を案じてのものだった。

永子は冷静さを失っていた。自分の思考と現実の差にまどわされていた。なぜ不安なのか、それは永子が〝待つ〟という情況に馴れていないからに他ならない。そう考えることで、自分自身を納得させようと懸命になっていた。

有賀はヤマトンチュー（日本人）だ。コリンはイギリス人だ。そして自分は、半分は白人の血が混じってはいるが、精神的には琉球の人間だ。

ヤマトンチューもイギリス人も、征服する側の人間だ。そして琉球人は、常に征服される側の人間だった。この三者の間には、けっして乗り越えることのできない深い溝がある。少なくとも永子自身は、それを意識していた。

事実、琉球の歴史は、侵略と悲劇の歴史だった。一五世紀以降は中国と日本の属国になり、一七世紀初頭には日本の島津《しまづ》氏による決定的な侵略を受けた。だがその日本からも第二次世界大戦を機に、見捨てられた。まるでトカゲが尾を切り捨てるように、アメリカに売り渡されたのだ。それらの侵略と征服の中で、多くの琉球人が命を失い、虐《しいた》げられ、理不尽な扱いを受けてきた。その歴史は、まだ幕を閉じたわけではない。アメリカの植民地然とした政策は、日本政府との共謀により現在も続いている。

永子がかつてベン・ライルという男を愛したのは、彼が黒人であるが故《ゆえ》であった。黒人もまた、世界の長い歴史の中で彼女と同じ征服される側の人間だった。正確な意味では琉球人ともなり得ない永子にとって、ベンは初めての心を開ける相手でもあった。

永子は有賀とコリンを、ある意味で仲間として認めていた。あくまでも人生の同志ではなく、共通の目的を達成するための単なる仲間として、だ。

だが、それは単なる理論にすぎない。人間の関係というものは、多くの場合感情に支配される。最終的には理論を超越する。その真理に、永子はまだ気づいていなかった。

風と雨が永子をなぶった。

永子はただ黙って耐えながら、風景の中に男たちの姿を探した。

いくら待っても二人は帰ってこない。何かあったのだろうか。

集落からジャングルの中の道を抜け、川の中洲の辺りに出る。そこから河川敷を通って橋まで下る。それが二人の最後の捜索コースだった。だが彼らのコースとなるべきマングローブ林の浜は、すでにほとんどが濁流の中に水没してしまっていた。

この情況では、いくらあの二人でも無理だろう。もしかして途中でコースを変更し、村に戻ったのかもしれない。家に帰り、永子がいないことも気にせずに、いま頃はビールでも飲んでいるのかもしれない。そんな男たちなのだ。

帰ろう……。

そう思った時、永子の後ろに車が止まった。見馴れない白い乗用車だった。間もなく運転席側のドアが開き、中から派手なアロハシャツを着た白人の大男が降り立った。

あの男だ。ベン・ライルの一件を捜査していた、キャンプ・ハンセンのガードナーというMPだ。軍服を着ていなくてもすぐにわかる。

永子は一瞬顔をしかめた。あらゆる意味でこの男は、彼女が最も嫌う人種だった。男は雨と風を気にするでもなく、永子に歩み寄ってきた。

「こりゃあ驚いたぜ。あんた、ノリコじゃないか。こんなとこで何やってんだい？」

「別に……。ただ川を眺めているだけ……」

永子は作り笑いを浮かべ、男から顔をそむけた。その肩に男は太い腕を気安く回してきた。嫌な奴だ。もし自分が男で、こいつを叩《たた》きのめすだけの腕力があったとしたら、どんなに気分がいいだろう。

「まだあの黒人兵のことを想っているのかい。もういい加減に諦めろよ」

「私の勝手でしょう。あなたに指図されるおぼえはないわ」

そう言うと永子は、男の腕を振りほどいた。


フランク・ガードナーは考えた。村に行ってみると、なんとなく様子が騒がしかった。この台風の中を、村人たちが何かを探すように歩き回っている。何が起きたのかを知りたかったが、フランクは日本語を話せない。ここで英語を話せる永子に会ったのはまさに神の恵みだ。怒らせてしまってはまずい。

「別に指図するつもりはないさ。ただあんたのことが気になっただけさ。自殺でもするつもりじゃないのかってね」

「…………」

「ところでちょっと教えてくれないか。村が騒がしいんだ。何があったのか、知らないか」

フランクが訊いた。

「老人がいなくなったのよ」

「老人が……」

「そう、九二歳の老人が今朝、寝室から姿を消したのよ。それを村中で探してるのよ」

「ほう……」

フランクは口元に笑いを浮かべた。やはり思ったとおりだった。台風の前に、クチフラチャが行動していたのだ。家畜ではなく、老人が家の中から消えたという点は意外だったが。

「私にもひとつ教えてくれないかしら。ベンの乗っていたピックアップ、もう見つかったの？」

「例のピックアップのことかい。それは無理だな。軍の機密だ。教えるわけにはいかない」

「そう……。汚ない奴。私は教えたのに。じゃあ勝手にするがいいわ。私はもっといい情報を持ってるのよ。でもあなたには教えないわ」

「情報って何だ？」

「さあね。自分で考えなさいよ」


永子は男を押しのけて歩き始めた。家に戻るつもりだった。最後にもう一度、橋の上から川を見渡した。やはり誰も歩いていない。濁流に目を移した。だがそこに、信じられないような光景があった。

人が流れている……。

白いTシャツを着た男が、褐色の波にもまれながら浮き沈みを繰り返していた。手足に生気が感じられない。一瞬、髭《ひげ》の生えた顔が見えた。有賀か、コリンのどちらかだ……。

永子は悲鳴と共に川を指さした。

「どうした」

フランクが駆け寄った。

「あれを見て。人よ。人が流れてる」

濁流の中の男は、橋の下でマングローブにからまった。Tシャツがめくれ、流れを受けてゆらいでいた。片足が奇妙な形で水面に突き出しているが、頭は水没していた。

「早く助けて。死んじゃうわ」

フランクが自分の車に走り、トランクを開けた。中からロープを取り出し、肩に掛ける。

「お前の知ってる奴か」

「そうよ。早く助けて。お願いよ」

「おれはテキサス生まれだ。ロープさえあれば、助けることは簡単だ。その前に情報っていうやつを教えてもらおう」

「クチフラチャよ。何か動物がいるのよ。それがベンを襲ったのよ。その写真もあるわ。ベンが撮ったの。あなたに写真をあげるから。だから助けて。お願い」

「わかった」

フランクはロープを持って橋の下に走った。それにしても思わぬ収穫だった。まさか、クチフラチャの写真があるとは。これで二階級特進を手にいれたも同然だ。

足場を探し、ロープの先に輪を作る。距離は一〇メートルもない。しかもおあつらえむきに、水面から足が出ている。子供の頃から牛を追って育ったフランクにとって、造作もない仕事だった。

頭上でロープを回転させ、機をうかがう。掛け声と同時に、風に乗せてロープを飛ばした。

腕はまだ錆びついてはいなかった。ロープは空中で大きく輪を広げ、一発で水面に出た男の足をとらえた。そのまま力まかせに陸に引き寄せた。

男はフランクと同年齢くらいに見える白人だった。意識も呼吸も途絶え、かなり水を飲んでいるようだった。だが、助かる可能性はある。

フランクは男を土手の上に運び、馴れた手つきで人工呼吸を始めた。マリーンの軍人ならば、誰でもこの程度はできる。その傍らで永子が地面の上に跪《ひざまず》き、心配そうに様子を見守っていた。

間もなくコリン・グリストは大量に水を吐き出し、苦し気に息を吹き返した。

「写真はもらったぜ」

フランクはそう言って、片目を閉じた。


台風一四号はその後、一昼夜にわたり猛威をふるい、沖縄本島の東六〇キロの海上をかすめて北東の海上へ去った。全島に強風や洪水による被害が出たが、公式の死者は記録されなかった。

フランク・ガードナーはコリン・グリストの命と引き換えにクチフラチャの写真をせしめ、基地に帰っていった。今回の台風で得をした、唯一の人間がフランクだった。

コリンは丸一日ベッドの中で眠り続けたが、翌日の昼頃には食事が喉を通るまでに体力を回復した。永子は廃屋に残り、コリンの看病をしながら有賀の帰りを待ち続けた。

二日目の夜が明けると、あの台風が悪夢でもあったかのように青空が広がった。

だが有賀とジャックは、永子の元に戻ってはこなかった。

第四章　忘れられた泉

1

部屋の中の風景は、いつもと変わらなかった。

穏やかな朝の光が窓から差し込み、コンクリートがむき出しになった床や壁を照らしている。

必要最小限度の古い家具と、米軍払い下げのベッド。棚の上に並んだいくつかの小さな水槽。あとはガラクタが散乱しているだけの殺風景な部屋である。

この空間には絶対的な欠陥があった。明らかに足りない要素があった。いくら台風が去り、いつものように朝日が差し込んできたとしても、その空白をけっして埋め合わせることはできなかった。

部屋の中にある空白は、永子の心の空白でもあった。目を閉じてしばらく待つと、その空白が流れ去るような錯覚がある。人の姿と声、そしてさまざまな気配。すべてが風に乗って永子の元に押し寄せてくる。

だが目を開ければ、やはり前と同じように空白がぽっかりと口を開けている。殺風景な部屋が、永子を押し潰《つぶ》そうとする。

朝早く、コリンは無言で部屋を出ていった。永子もあえて何も訊《き》かなかった。コリンが何を考えていたのかは、永子には理解できない。ただ確かなのは、コリンが有賀を探しにいったのではない、ということだけだ。

有賀がジャックと共に姿を消して、すでに二日が過ぎていた。台風の日に安佐次川の濁流に呑《の》まれ、そのまま戻ってこなかった。もし当たり前に考えるのならば、その事故を警察に報《しら》せるべきだろう。そうでなければ村人たちに協力を頼み、川や海を捜索すべきだろう。だがコリンも永子も、そうしようとは思わなかった。ただ黙って部屋に閉じ籠《こも》り、有賀の帰りを待った。

生きているのなら帰ってくる。もし死んでいるのなら、すでに海に流されてしまっている。いま頃《ごろ》は静かな波に漂いながら、大好きな魚と戯《たわむ》れているのかもしれない。

野生動物は、自らの結末を仲間にすらさらさないものだ。歳老いた巨象が群れを離れ、永眠の地を求めて旅立つように、ただ静かに消えていくことを潔《いさぎよ》しとする。その後を追い、結末を確かめようとすることは、人間だけが持つ自己慈愛的な感情にすぎない。聖域を汚すことになりこそすれ、けっして供養と成り得るものではない。

人もまたしかり。世の中には二種類の人間が存在する。心に野性を持つ者と、そうでない者だ。そして有賀という人間を論ずるのなら、その前者に属することは明白だった。だとするならば、旅立った有賀を追おうとすることもまた残された者の自我にすぎない。

なぜ、もっと早く気がつかなかったのだろうか。

かつてベン・ライルが姿を消した時に、それを悟っておくべきだったのだ。彼もまた有賀に共通する要素があった。子供のように永子に夢中になっていながら、けっして近寄ることのできない自分だけの世界を持っていた。そしてある日突然に、何のことわりもなしに、別の世界に旅立ってしまった。

永子はそれを追おうとした。すべてを確かめようとした。結果として有賀とコリンを巻き込み、事を大きくしてしまったのだ。

椅子《いす》に座り、傾いたテーブルに肘《ひじ》をついたまま、ぼんやりと壁を眺めた。ベッドの枕元の少し上あたりに、小さな絵が描いてある。以前、有賀が、酒に酔って描いたものだ。長い首に、鳥のような足。背にはコウモリのような翼があり、尾に何本かの角が生えている。

この世には存在しないような動物だ。もしかしたらクチフラチャのつもりだったのだろうか。その絵は独創的で生命感に溢《あふ》れ、いまにも動きだしそうに見えるが、反面子供が描いたように稚拙《ちせつ》だった。

永子はその絵を見て、笑った。

涙を手で拭《ぬぐ》いながら、少しだけ笑った。

もう一日だけ、待ってみよう。夜になって、次の朝がきてそれでも帰ってこなければ、この部屋を出ていこう。そして住み馴《な》れた自分の家の中で、家族に囲まれながらすべてを忘れるのを待つ。そうすれば、いずれコリンも黙ってどこかに立ち去ってくれる。失った静かな日常が戻ってくる。

一人で部屋にいることが苦痛だった。時のたつのが、ひどく遅く感じられた。それでもいますぐに、この場所を逃げ出すわけにはいかなかった。

このような時、唯一の心の友となるものは酒だ。飲んで眠ってしまえば、その間だけ時がたつのが早くなる。永子は元来が嫌いな方ではなかったが、ベン・ライルの一件以来、酒量が増えていた。あまり良いことではないとわかっていても、どうしても頼らざるをえなくなっていた。

だがこの部屋には、その酒すらも残っていない。買い置きしてあった何本かの泡盛は、昨夜までにすべて飲みつくしてしまった。

いや、もう一本だけあったはずだ。有賀が金武町に出た時に買った、ジャックダニエルが残っている。コリンに見つからないようにと、廃屋の階下の空部屋に隠していたのを覚えている。クチフラチャを捕まえるまでは絶対に封を切らないのだと、笑いながら話していた。

あれを飲んじゃおうか……。

そのくらいのことは、きっと神様だって許してくれるはずだ。

思い立って、永子は椅子を立った。

有賀とコリンが住んでいる部屋は、以前米軍の将校が別荘がわりに使っていた廃屋だ。二階建て一四室のマンション形式の建物で、その一室、二〇一号室に手を加えて使っていた。二階を選んだのは、風通しが良くて湿気が少ないこと。そして海が一望できるという単純な理由だった。

残りの一三室は、いまも廃屋のままだった。だが有賀は、一〇五号室のバスタブの中を専用の〝宝箱〟として使っていた。それを知っているのは、有賀とジャック、そして永子だけだ。なぜだかはわからないが、コリンにはその場所を秘密にしているようだった。

バスタブの上に乗っているトタンをどけ、中を覗《のぞ》き込むと、いろいろな物が入っていた。単なる木片や貝殻、動物の骨、さまざまな色彩の石、作りかけのプラモデル。それぞれがどのような意味を持っているのか、永子にはわからなかった。まるで幼い子供の玩具《おもちゃ》箱のようだ。

アクリルの板にはさまれた小さな写真があった。髪の長い美しい女性と、一〇歳ほどに見える少年が写っていた。少年の顔は、どことなく有賀に似ていた。有賀の子供なのだろうか。そういえば結婚しているのかどうかさえ、一度も訊いたことはなかった。

写真は、おそらく有賀の家族のものなのだろう。この髪の長い女性と自分と、どちらがきれいだろうか。永子はつまらないことを考えている自分に気がついて、思わず苦笑した。

写真を元の場所に戻してもう一度、中を覗き込んだ。段ボールの箱がひとつ入っている。ジャックダニエルはこの中に入っているはずだ。

ところがふたを開いてみると、ジャックダニエルがなくなっていた。それだけではない。あの時いっしょに買ったビーフジャーキーや、ジャックのドッグフードまで消えてしまっていた。

どうしたのだろう……。

ビーフジャーキーはまだしも、ドッグフードがなくなるわけはない。二階の部屋には、まだ使いかけがかなり残っていたはずだ。

永子はしばらく考えた。自分が知らない間に何が起こったのか、あらゆる可能性を想定してみた。そして、ひとつの結論に達した。

「あの糞《くそ》ったれ野郎……」

永子は段ボールを引きちぎると、そのまま部屋を飛び出していった。

坂道を下ると、間もなく砂浜が見えた。海の美しさで知られる沖縄の中でも、永子が最も気に入っているビーチだった。全長一〇〇メートルにも満たない小さな浜だが、白い砂が目映《まばゆ》い光を放っている。そしていつも誰もいない。あの廃屋にいて、この浜で泳いでいると、自分が地球上で最後の人間になったかのような錯覚を感じる。

海に出ると、浜と森の境目のあたりにボートが置いてあった。しかも木にロープでしっかりと固定してある。やはり思ったとおりだ。

この辺りの海は、周囲を珊瑚礁《さんごしょう》で囲まれている。普段は滅多《めった》に海が荒れることはないので、ボートは浜に引き上げておくだけだ。台風が来る前に固定しておこうと話し合っていたのだが、金城老人が行方不明になったことでそのままになっていた。

当然、流されてしまっていると思っていた。ところがボートは、しっかりと固定してあった。もちろん永子やコリンがやったことではない。コリンもボートを使うことを考えずに、今朝は歩いて出掛けていった。

こんなことをする人間は、一人だけだ。

永子は浜を走った。浜と河口の間に、岬のように海に突き出た小さな岩山がある。その岩山の中腹に、人が楽に横になれるほどの手頃な洞穴がある。風通しが良く、夏でもいつも涼しくて、昼寝にはもってこいの場所だった。有賀はその洞穴を気に入っていて、日光浴に疲れるといつもそこでビールを飲んでいた。あそこならば、雨もしのぐことができる。

岩山によじ登り、洞穴の中を覗いた。やはり思ったとおりだった。全身泥まみれの有賀が、ジャックと共にそこにいた。ジャックが永子に近寄ってきて、尾を振りながら顔を舐《な》めた。

「そんなとこで何してるのよ」

永子がジャックの頭を撫《な》でながら言った。

「見ればわかるだろう。葬式をしている……」

有賀の足元には、例のジャックダニエルの空瓶がころがっていた。

「葬式って、誰の？」

「決まってるだろう。コリンのさ。奴はまだ見つかってないのか」

「見つかったわ。三日前にね。安佐次大橋の下で、マングローブに引っ掛かってたわ」

「そうか……。イギリスに送ってやらなきゃならんな。それで奴はいま、どこに置いてあるんだ？」

「そんなこと知らないわ」

「知らないって、なぜだ？」

「だって朝早く出掛けちゃったもん。自分の足で歩いてね」

「…………」

「まだ生きてるわよ。お葬式の最中で申し訳ないけど」

「くそ……」

有賀がもぞもぞと穴から出てきた。砂浜に飛び降りると、頭を掻《か》きむしりながらボートに向かって歩き始めた。目が吊《つ》り上がっている。

「あの野郎、ただじゃおかねえ。おれはあいつのためにブーツをなくしたんだ。五年も履いていたレッド・ウイングのブローニングモデルだぞ。二〇〇ドルもしたんだ。昨日はジャックダニエルを三分の一も無駄にした。奴に飲ませてやろうと思って、海に流してやったんだ。もう勘弁できねえ」

好き勝手なことをわめきちらしながら、有賀は大股《おおまた》で歩いていく。永子はその後を、笑いをこらえながらついていった。

2

あれほどの台風が去ってからまだ二日しかたっていないのに、安佐次川は普段の静寂を取り戻していた。

全長僅《わず》か八キロの小さな川である。大雨が降れば周囲の山やジャングルから大量の水が流れ込み、またたく間に増水して濁流となる。だが雨が降りやめば半日で水位が下がり、平常に戻る。

マングローブ林も砂泥の浜も、いまはもういつものように水面から顔を出していた。流れと水の濁りは多少残っているが、それもたいしたものではなかった。

コリン・グリストは川の中洲の近くにある小さな水路の前に立っていた。台風の日にここを見るために時間を無駄にし、有賀と共に増水した濁流に流された。あやうく命を落とすところだった。

そして有賀は、いまも行方が知れないままだ。あまり思い出したくない場所だが、台風の後の状態を確かめておく必要があった。

ベン・ライルのボートは、この水路から流れてきたのではないのか。コリンはそう考えていた。

大雨の翌日に川で発見されたボート。奇妙な動物の写真。そしてその写真のバックにある風景は、この安佐次川のものではなかった。これだけの要素を繫《つな》ぎ合わせると、ボートはこの水路から流れ出たと考えるしか説明がつかないのだ。

そしてクチフラチャもまた、この水路を通り道として使っている。行方不明になっている金城老人が以前クチフラチャを目撃したのも、この水路と中洲の間の川だった。

台風の日にこの水路を見た時、確かに水が流れていた。だがボートを上流から押し流してくるような、大きな流れではなかった。

水はいまも流れている。それも間もなく涸《か》れてしまうだろう。ただ興味を引かれるのは、その水質だった。多少泥を含んでいるが、水は妙に澄んでいた。ジャングルの中を流れてきた雨水とは、明らかに違う。

コリンはカメラバッグから空のフィルムケースを取り出し、その中に水を入れてポケットにしまった。部屋に帰ってこのサンプルを調べてみれば、何かがわかるかもしれない。

その時、上流から下ってくるボートのエンジン音が聞こえてきた。

奴らが戻ってきた……。

コリンは三〇〇ミリレンズの付いたニコンを手にすると、マングローブの根元に身を潜めた。

朝、河口近くを水路に向かって歩いている時に、ボートが川を遡《さかのぼ》ってきた。最初は地元の漁師だと思った。だがボートに乗っていたのは、三人の白人だった。全員が私服を着ていたが、髪形や雰囲気から米軍関係者であることはすぐにわかった。

それにしても奇妙だ。軍関係者が公務で行動しているのなら、制服を着用するはずだ。私服は、すなわち私用であることを意味している。だとすれば、彼らは何をしているのか。まさか台風の後の安佐次川で、ボート遊びということは考えられない。

答えはひとつしかない。ベン・ライルの一件、もしくはクチフラチャのことを調べているのだ。コリンを濁流の中から助け出したMPも、私服だった。

ボートには、例のMP——確かフランク・ガードナーといった——は乗っていなかった。三人とも初めて見る顔だ。写真を撮っておいて永子に見せれば、三人の素姓がわかるかもしれない。

間もなくコリンの視界にボートが現れた。三〇〇ミリのレンズの中で、次第に三人の姿が迫ってくる。適当なところで数回シャッターを切った。三人はコリンに気づくこともなく、エンジンを全開にして川を下っていった。

それにしても、自分は何をしようとしているのだろう……。

水路の水質を調べてみたり、GIの写真を撮ったりすることにどのような意義があるのだろうか。結果として真実を知ることができたとしても、いまはむなしいだけだ。

だがコリンは、それ以上は深く考えなかった。とりあえず自分には好奇心がある。真実を知りたいと願っている。いまは、それだけで十分だった。

カメラを置き、水路に戻った。足元に気を配りながら、しばらく上流に登ってみた。水路は上流に向かうにつれて水が少なくなり、三〇メートルほど進んだところで完全に涸れ谷となった。幅は三メートル近くあるのだが、ここから先は傾斜もきつくなる。斜面はひどくぬかるんでいて、ビブラムソウルのブーツでもなければ登るのは難しい。コリンは、サンダルに短パンという軽装だった。

すぐ目の前に曲がりくねった流木が落ちていた。それが一瞬、大きなハブに見えた。

ここで引き返すことにした。先に進むには、あらゆる意味でリスクが大きすぎる。それなりの準備が必要だし、単独行動も危険だ。

少し歩いただけで、体から汗が噴き出してきた。台風が過ぎて、沖縄はまた夏になった。この島にもやがて秋がきて、そしていつかは冬になるのだろうか。深いジャングルに囲まれた風景も、体に粘りつくような暑さも、すべては熱帯そのものだった。

川まで下り、流木の上に腰を下ろした。時折微風が体を撫でるが、それでも汗は引かなかった。コリンは暑さが苦手だった。若い頃に東南アジアを旅したことがあるが、高温多湿の気候に耐えられなくなり、予定を二週間も早めて帰国したことがあった。

急に里心が芽生えた。北アイルランドの高原にある生家を思い出して、懐かしくなった。いま頃はもう周囲の山々は、秋の気配に彩られているはずだ。父や母は、あのひなびた街でいま頃何をしているのだろうか。

無性に帰りたくなった。こんなことを考えるのは何年ぶりだろうか。さもなければ、せめてこの沖縄から、一刻も早く出ていきたかった。

水路を伝う弱い水の流れを、コリンは何気なく眺めていた。流れは、いまはもうほとんど涸れてしまっていた。その様子は、コリン自身の心の内を映しているかのようだった。水の涸れる時が、コリンがこの場所にいられる限界のように思えた。

その時、わずかに残る水の中に、小さな動くものが見えた。その黒く細長い物体は、流れにさからいながらゆっくりと上流に移動している。

何だろう……。

コリンはゆっくりと立ち上がり、流れの中に手を入れて掬《すく》いあげた。それは体長一五センチほどのサラマンダー（イモリ）の一種だった。

頭が大きく、背に骨格が浮き出たようにごつごつとしている。動きが非常に緩《かん》慢《まん》で、まるで原始の生物を想わせるようなところがあった。安佐次川の上流にも、サラマンダーの群棲《ぐんせい》しているところがある。コリン自身も何匹か採集し、部屋の水槽の中で飼育していた。だがいま手にしているサラマンダーは、それらの普通種とはまったくの別種だった。

まさか……。

コリンの体が小刻みに震え出した。頭の中で、あらゆる思考が交錯した。それまでの憂鬱《ゆううつ》は、瞬時に消し飛んでいた。

この一匹の小さな両生類によって、ほとんどの謎が解けることになるかもしれない。ベン・ライルのボートが、なぜ安佐次川で発見されたのか。どこから流れてきたのか。そしてなぜ彼のピックアップが見つからなかったのか。あとは自分の考えを確かめてみるだけだ。そこまでわかれば、クチフラチャの正体を摑《つか》むのも時間の問題だ。

その時下流から、また一艘《そう》のボートが遡ってきた。ボートに乗っているのは先程の白人たちではなく、有賀と永子とジャックだった。

コリンはサラマンダーを手に摑んだまま走り出した。砂泥の浜に足を取られながら、懸命にボートに手を振った。その時コリンは興奮のあまり、有賀が二日間行方を絶っていたことすらも忘れていた。

3

南西諸島は自然資源の宝庫である。

本島の北部だけを例にとってみても、ヤンバルクイナ、リュウキュウヤマガメ、ケナガネズミ、ヤンバルテナガコガネなどさまざまな固有種貴重種が島内に棲息している。

コリンが水路の中で発見したサラマンダーも、そのような〝生きた化石〟と呼ばれるもののひとつだった。正式名称を〝イボイモリ〟という。南西諸島のうちでも奄美《あまみ》大島、徳之島、渡嘉敷《とかしき》島、そして沖縄本島の山間部のみにしか棲息していない。日本の固有種であるが、近縁種は中国南部からヒマラヤ東部にかけて分布している。

変態後は主に陸上で行動し、ミミズや昆虫などの小動物を捕食する。夜行性で、昼間は落葉の下などに潜んでいる。だが両生類の常として、水辺から離れて生活することはできない。産卵も陸で行なわれるが、幼生は自力で水に入り、変態まではそこで成長する。最近は開発などにより産卵地が破壊され、個体数はきわめて減少している。

部屋に帰り、何冊かの文献を調べてみて、それだけのことが明らかになった。有賀がそれを英訳して説明すると、コリンはその一言ひとことを噛《か》み締めるように聞きながら頷《うなず》いた。まるで我が意を得たり、といった様子だった。

次にコリンは、ポケットの中から水の入ったフィルムケースを取り出した。蓋《ふた》を開け、中にpH《ペーハー》メーターのセンサー部分を入れる。スイッチを押し、デジタルの数値を読む。pH七・三。そこでまた一度、大きく頷いた。

pHとは、〝水素イオン濃度〟の指数を示す単位だ。通常pH七が中性、それ以下が酸性、以上がアルカリ性である。つまりコリンが例の水路から採取してきた水は、一般に弱アルカリ性と呼ばれる水質であったことになる。

コリンは胸で腕を組み、目を閉じたまま、しばらく考え込んでいた。有賀と永子はテーブルの上のコーヒーを飲みながら、その様子を見守った。そしてやがて、コリンはもったいつけたように重い口を開いた。

「やっとわかったよ……。少なくともこれで、ベン・ライルの件についてはほとんどが解決することになるだろう」

「どういうことだ。おれにはさっぱりわからないぜ」

有賀が言った。その横で永子も小さく頷く。

「こういうことには知能指数が必要なんだ。まあ、お前さんたちにはちょっと難しすぎるけどな」

「うるさい。いいから話せ。早く説明しろ」

「わかったわかった。そうせかすなよ。つまり、こういうことさ。まず、この水だ。こいつは例の水路に流れていた水だ。いまpHメーターで計ったら、七・三の弱アルカリ性だった。しかし通常の雨水は、六・五前後の弱酸性なんだ。つまりあの水路の水は、単純に雨水が流れ込んだものではない、ということさ。それがひとつ。そして問題は、このサラマンダーだ……」

コリンはテーブルの上のプラスチックケースに目をやった。中では先程のイボイモリが餌《えさ》のミミズにかぶりついている。

「こいつは、特別なサラマンダーなんだよ……」

コリンはさらに話を続けた。イボイモリの類は、ヨーロッパの地中海地方にも棲息している。コリンも大学の実習で、長期間飼育したことがあった。頑健で飼いやすい種類だが、逆に幼生は水質の悪化にきわめて弱いというデリケートな面を持っている。また高温にも弱く、水温が二五度を超えると死にはじめる。

つまり普通種のように、雨水が溜《た》まっただけの平地の止水では繁殖できない。幼生は動きが鈍く、泳ぎもそれほどうまくないために、流れの速い川の上流での繁殖も不可能だ。そのような特別な繁殖形態を持つがゆえに、イボイモリは近年、世界各地で絶滅の危機に瀕《ひん》している。

pH七・三という水と、イボイモリの存在。この二つの要素から導かれる事実は明らかだ。つまりあの水路の上流には、泉の湧《わ》く池、もしくは湖のようなものが存在するということだ。

「つまり、そういうことさ。おわかりいただけたかな」

コリンは得意そうに二人を見渡しながら、コーヒーを飲んだ。

「わかったよ。つまりその泉まで行けば、例の写真の風景がそこにあると言いたいんだろう」

「そういうことさ。おそらく行方不明のピックアップも、そこにある」

「しかしまだわからないことがある。台風の日にあの水路を見ただろう。確かに水は流れていたが、あれだけの大雨にしちゃ水量は少なかったぜ。とてもその泉からボートを押し出すほどじゃなかった」

「だから言っただろう。その泉は、池か湖のようになってるんだって。ある一定量の雨が降ると、その湖が溢れるのさ。突然水路の水量が増すんだよ。あの時はまだ、その湖が溢れていなかっただけさ」

「なるほど……」

確かにコリンの話には、説得力があった。あらゆる面において論理的、かつ隙《すき》がない。だとすればその池ないし湖が、クチフラチャの棲《す》み家ということになる。調べてみる価値はありそうだ。

翌日から有賀はさっそく行動を開始した。まず安佐次の村人たちの家を訪ね、村の上にそのような泉があるのかどうかを訊《たず》ねてみた。だが期待していたような答えは得られなかった。

村から津波山に登っていくと、二キロほどのところに米軍のフェンスが張りめぐらされている。その内側は例のごとく広大な訓練用地だ。太平洋戦争後に間もなく接収され、以後数十年にわたり中に入った者は一人もいない。戦前のその辺りを知っているのは、金城老人くらいのものだった。だがその老人も、いまは行方不明になっている。

二万五〇〇〇分の一の地図を調べてみると、村から約三キロ、川の中洲から約四キロほどのところに池らしきものがあった。縮尺の割合から大きさを計ってみると、周囲が一キロにも及ばない小さなものだ。だがその池が安佐次川まで水路で結ばれているかどうかまでは、地図には記されていない。もちろんその周囲には、道らしきものもない。

結局、自らの足で確認してみるしか方法はなかった。例の水路を遡ってみれば、何かがわかるかもしれない。たとえフェンスにはばまれたとしても、ボートが流れ出してきたことが事実ならば、人間も通り抜けることは可能だということになる。

もうひとつ気になることがあった。コリンが川で見た三人の白人である。写真を現像し、永子に確認させてみたが、その中に知った顔はいなかった。

こちらの方は、当面それ以上調べることは無理だった。たとえ彼らがコリンの考えるようにGIだとしても、現在沖縄には約五万人もの米軍関係者が住んでいる。その中からあの三人を探し出すことは、砂の中から米粒を見つけるようなものだ。

沖縄の秋の天候は気まぐれだ。予報によるとしばらくは好天が続くが、次の週にはまた台風が来るらしい。その前に津波山方面を探索し、池の存在だけは確認しておくことにした。

ただし、この探索には大きなリスクが伴う。

もしコリンの推理が正しいとすれば、ベン・ライルと同じ情況に身を置くということになる。つまり、そこで写真の未確認動物に遭遇する可能性も考えておかなくてはならない。その結果、何が起きるのか。現在の段階では予測することは難しい。

もちろん有賀は、自分とコリン、そしてジャックだけのメンバーで探索を行なうつもりでいた。ところが永子が、自分も行くと言いだした。有賀は危険だから止めろと言ったのだが、永子は頑として聞き入れなかった。その態度は、他を寄せつけない絶対的な意志の強さを感じさせた。

逆に、あまり気乗りしていなかったのがコリンである。武器を持たずに行くのは無謀であるとか、後は軍のMPにまかせるべきであるとか、いざとなると有賀の意見には否定的だった。それがコリンのいつもの癖でもある。

好奇心は強いが、実際に自分の身を危険にさらすことは好まない。アラスカでグリズリーを撃ちに行った時も、最後まで同行を拒否していた。だが今回は永子の手前もあり、あからさまに〝行きたくない〟とは言えないようだが。

有賀にしても一抹《いちまつ》の不安はあった。

通常、このような場合に最も頼りになるのはジャックである。もし仮に未確認動物に出会ったとしても、ジャックの反応によりその存在を事前に知ることができる。

ところが今回のことに限っては、その野性の勘がどうもあてになりそうもない。金城老人が失踪《しっそう》した日、ジャックはその部屋の中で、まったく反応を示さなかったのだ。

その動物は、犬の嗅覚《きゅうかく》すら欺《あざむ》く能力を持っているのか。それとも老人の失踪は、他の原因によるものなのか。有賀はそれ以外の可能性も考えてみたが、自分自身が納得できる答えは出てこなかった。

永子は実家に一度戻り、父親のサープラス・ショップから装備を借り出してきた。ジャングル・ブーツ、カモフラージュの野戦服の上下、防水のトーチ、リュックがそれぞれ三人分。その他にもロープやゴムボート、マチェットなど、武器以外はすべて揃《そろ》えた。もちろんMPが持ち去った未確認動物の写真も、何枚か焼き増ししておくことを忘れなかった。

すべての準備は整った。ただ有賀は、ジャックの能力に疑問があることだけは二人に話さなかった。

4

金武町、バー・ストリート——。

色あせたバラックに、ひとつ、またひとつとネオンが点《とも》りはじめた。その明るさに引き寄せられる夏の虫のように、米海兵隊基地キャンプ・ハンセンから若い米兵たちが集まってくる。

昼間はゴースト・タウンのように静かだった街が、日没と共に活気を取り戻した。屈強な男たちが、軍服をTシャツやアロハシャツに着替えて通りをのし歩く。暗がりや、店の陰に外国からやってきた褐色の華が咲き乱れ、それを待ち受ける。甘い蜜《みつ》を出して誘い、蜘蛛《くも》の糸のようにまとわりつく。

ロックのリズム、歓声、嬌声《きょうせい》、罵声《ばせい》、笑い声、スラング、さまざまな音がひと固まりになって街を揺るがす。酒、体臭、汚物、快楽、あらゆる臭いが大気中に漂い、脳を覚醒《かくせい》させる。

正当なる理論や理性は、この空間では意味を持たない。真実も存在しない。ただ金銭という単位の中で、闇《やみ》と光、享楽と苦痛、欲望と良心、夢と現実、すべてが無目的な葛藤《かっとう》を繰り返すだけだ。

深夜――。

バー・ストリートの熱狂は頂点に達した。通りは人の波に溢れ、堕落《だらく》に沸き返った。誰も止めることはできない。そこに住む市民たちは、闇の中で息を潜めながら、ただひたすらに夜が明けるのを待つだけだ。

突然、悲鳴が夜を裂いた。

メイン・ストリートからワン・ブロック離れた静かな通りに、〝ピークス〟という小さなバーがあった。悲鳴はその中からだった。

ガラスの割れる音。物と物とがぶつかり合う音。そして次の瞬間〝ピークス〟のドアが砕け飛び、通りに若い黒人兵がころがり出てきた。

黒人兵は鼻から血を流し、前歯が二本折れていた。両手で顔面を押さえ、地面に仰向けに倒れて悶絶《もんぜつ》した。

バーから白人とヒスパニック系の男が飛び出してきた。二人は倒れている黒人兵を一瞥《いちべつ》すると、すぐにまたバーの方に向きなおり、身構えた。

ドアの無くなったバーの入口から、もう一人の白人の大男がゆっくりと姿を現した。キャンプ・ハンセンのMP、フランク・ガードナー伍長だった。フランクは右手に握っていたボトルからジム・ビームを喉《のど》に流し込むと、まだ中身が少し残っているそのボトルを投げ捨てた。ボトルが割れて、辺りにバーボンの芳香が立ち昇った。

体をゆらしながら、フランクが通りに進み出た。かなり酔っている様子だった。二人の男たちは、フランクを取り囲むようにして後ずさった。暗がりや店の中から女や米兵たちが出てきて、その様子を見守っていた。

「さてと……。次はどっちだい。かかってこいよ」

フランクが言った。それを待っていたかのように、ヒスパニック系の男が殴りかかった。男の右フックがフランクの顎《あご》をとらえた。だが、フランクは笑っていた。驚きを隠せない男の顔に、今度はフランクの巨大な拳《こぶし》が炸裂《さくれつ》した。

男の体が宙に舞った。

フランク・ザ・グリズリー。それが入隊当時からのニックネームだった。素手でやり合って、負けたことは一度もない。だがその特技のために、フランクはこれまでの人生をかなりロスしてきた。

「ちょっと待ってくれ。おれたちはあんたとやり合おうなんて思っちゃいないんだ。ただ、忠告しただけさ。親切心だったんだ……」

最後に残った白人の男は、完全に戦意を喪失していた。手の平を体の前で広げて、顔に作り笑いを浮かべていた。だが、その態度がまた気にさわった。

フランクが摑みかかった。男は身をひるがえして逃げだした。倒れた二人の仲間を路上に残したまま、バー・ストリートの雑踏の中に消えた。

「くそ。何が忠告だ。ふざけやがって……」

そんなことは、言われるまでもなくわかっている。

ミラー大尉の突然の除隊は、確かに異常だった。ある日、何の予告もなしに基地から姿を消してしまった。単なる兵卒ならまだしも、将校には考えられないことだ。調べてみても、誰も詳しいことは知らなかった。ただ何か問題を起こして除隊し、本国に帰国したらしいという噂《うわさ》が流れただけだ。

フランクはそのミラー大尉の命令により、ベン・ライル失踪の一件を調査していた。事件の裏には、沖縄の伝説の竜クチフラチャが関わっている。その写真も偶然手に入れることができた。だが大尉は、フランクの報告を待つことなく除隊した。

同時にフランクは、大尉から与えられたすべての特権を失うことになった。

ミラー大尉の身に、何が起きたのか。フランクの頭で考えられることは、ひとつだった。ベン・ライルの一件に関して、何か不都合な事態が生じたのだ。

思いなおしてみると、不自然なことが多々あった。ベン・ライルの失踪が発覚した翌日、二〇〇名もの海兵隊員を動員して安佐次川周辺の捜索が行なわれた。だが、彼が乗っていたと思われるピックアップすら発見されないまま、捜索は一日で打ち切られた。

その後の調査は、フランクを中心とした数人のMPが受け継いだが、やはり何もわからなかった。そして数日後、〝事故による水死〟ということで一応事件は落着した。

ところがそれから二週間以上も過ぎてから、フランクの書いたレポートに対しミラー大尉からクレームがついた。これも通常では有り得ないことだ。しかも理由は、マリーンの隊員が川で水死するわけがない、という単純なものだった。

ミラー大尉はベン・ライルの失踪に、脱走の可能性があることを示唆《しさ》した。その大尉がなぜクチフラチャなどという伝説の竜に興味を示したのか。そしてなぜフランクに極秘の調査を命じたのか。さらに不思議なことに、後から調べてみるとMP内部の記録上は、事件は最初のレポートで公式に処理されていた。

酒で朦朧《もうろう》とした頭でいくら考えても、結論は出てこなかった。ただ漠然と理解できるのは、自分はミラー大尉に騙《だま》されていたのではないか、ということだけだった。

そして今夜、憂さを晴らすためにバーで飲んでいると、またしても妙な事が起きた。となりの席に見知らぬ男が座り、安佐次川の調査から手を引け、ミラー大尉のことは忘れろ、などと言いだしたのだ。その男の仲間が二人、いまもフランクの足元にうずくまっている。

フランクは最初に殴り倒した黒人兵の胸ぐらを摑み、自分の顔の高さまで持ち上げた。男は恐怖で震えていた。

「お前、この辺りじゃ見かけない顔だな。キャンプ・ハンセンの人間じゃないだろう」

「ああ、そうじゃない。おれはエア・フォースだ。カデナから来た……。もう降ろしてくれ。たのむよ……」

「おれの言うことに素直に答えりゃ降ろしてやるさ。そうでなきゃ、また痛い日にあうぜ」

「わかった、何でも答える。もう殴らないでくれ……」

男の顔は、涙と鼻血でグシャグシャになっていた。

「そこの男は?」

フランクはもう一人のヒスパニック系の男に目を向けた。

「あいつもおれの同僚だ。悪い奴じゃない……」

「さっき逃げてった白人の男は？」

「奴は知らない。今日初めてコザ（沖縄市）で声をかけられたんだ。一時間付き合えば二〇〇ドルになるって言われて、ついてきただけさ……」

「二〇〇ドルだと？」

「そうさ。あの男があんたと話をする。そこでもしあんたが暴れ出したら手を借せって。最初は、簡単な仕事だと思ったんだ……」

「嘘じゃないだろうな」

「本当だ。嘘じゃない。神に誓ってもいい。おれの名はシドニー・ジョンソンだ。軍籍を調べてもらえばわかる……」

そう言って男は、尻のポケットから身分証明書を取り出してフランクに見せた。名前も写真も、間違いはない。階級はエア・フォースの軍曹だった。この黒人の若い男が自分より階級が上であることは腹立たしかったが、少なくとも嘘を言っている様子はなかった。

フランクは乱暴に男を突きはなした。男がよろけて尻餅《しりもち》をついた。

「どけよ」

フランクは人垣を押し分けて歩き出した。

まったくくそ面白くもない。人のことを何だと思っていやがるんだ。しかも二〇〇ドルだなどと、安く見積もりやがって……。

やめろと言われて、素直に手を引く奴もいる。だが逆に、意地になってやり通す奴もいる。

そしてフランクは、もちろん後者のタイプだった。

5

九月二一日、午前六時——。

安佐次川の穏やかな流れは、まだ朝靄《あさもや》に包まれていた。

永子は愛用のジープM38A1のミッションを四Lの一速にシフトし、無造作にクラッチをつないで川に入った。水飛沫《しぶき》が上がる。ハリケーン・エンジンが唸《うな》る。車内に水が流れ込み、ジャングル・ブーツの足元を濡《ぬ》らした。

この辺りの水深は一メートル近くはある。だがディープ・ウォーター・キットを組み込まれた海兵隊仕様のM38A1にとって、この程度の渡河は造作もないことだ。四輪が確実に川底をとらえ、重い水を掻き分けながら前進していく。

「なかなかやるじゃないか」

助手席の有賀が言った。有賀は足が濡れないように、ブーツをボンネットの上に投げ出していた。

「少しは見直した？」

「まあね。確かにいい車だ」

「………」

永子は自分の腕ではなく、車のことだけをほめられて、少し面白くなさそうな顔をした。

「どうでもいいけどジープを沈めないでくれよ。おれは泳げないんだからな」

コリンは荷台に立ち上がり、ロールバーにしがみついている。

一度、川の中洲に上陸し、マングローブ林に沿って川下を迂回《うかい》した。そこでまた水に入り、対岸に渡る。例の水路の入口が見えてきた。

砂泥の浜に上がり、エンジンを切った。荷台からそれぞれのリュックを降ろし、背負う。荷物は有賀のものが最も重い。中にはゴムボートが一式入っていた。それ以外は日帰り用の軽装備だが、万一のことを想定してCレーション（米軍用野戦食）は三食分ずつ用意してある。

「まるで戦争しに行くみたいね」

永子が言った。確かに大人三人がカモフラージュの野戦服で統一している姿は異様だった。ハブやヤマビルなどの攻撃に備えて、頭にはブッシュ・ハットまで被っている。だが米軍の野戦服は、ジャングルの中での行動を想定した場合、世界で最も機能的に作られた服装であることも事実だった。

「さて、出発するか」

マチェットを持った有賀が先頭に立ち、水路を登り始めた。その後に永子、コリンが続く。ジャックは何か不安でもあるのか、有賀の脇について離れようとしない。神経質なほどに、周りの臭いに気を配っていた。

水路の水は涸れていた。所々ぬかるんではいるが、真新しいジャングル・ブーツの底は確実にグリップしてくれる。しばらく進むと傾斜がきつくなったが、登るのが難しいほどの角度ではなかった。

厚手の生地で作られた野戦服を着ているので、さすがに暑さが身にこたえる。だがジャングルに入り、樹木が頭上を覆って日射しを遮るようになると、それもさほど気にならなくなった。

永子は若いだけあって、さすがに体力があった。三人分の食料を背負いながら、有賀のペースに苦もなくついてくる。山歩きの苦手なコリンだけが、少し辛そうな顔をしていた。

有賀は辺りの気配に注意を怠《おこた》らなかった。耳に神経を集中し、どんな小さな音も聞き逃すまいとした。たえず視線を移動させながら、どんな小さなものも見逃すまいとした。

もしこの水路をクチフラチャが獣道として使っているとすれば、何かしらの痕《こん》跡《せき》が残っているはずだ。足跡でも残っているか、それとも枝が折れているか。だがそれらしきものは、何も発見できなかった。

突然有賀の前方で、何かが動いた。灰色の動物がジャングルの中から飛び出し、水路を横切った。ヤンバルクイナ（ツル目の地上性の鳥、天然記念物）だった。その飛ぶことを忘れた美しい鳥は、軽快に岩から木へと身を移し、反対側のジャングルに姿を消した。

有賀はその場に足を止め、胸を撫で下ろした。

「ふう……。驚かしやがる……」

ジャックは何事もなかったかのように平然としていた。有賀の慌てた様子を見て、永子が笑った。

一キロほど登ったところで風景が変化した。水路の両岸が、人工的な石積みで補強してある。石積みの一カ所が崩れ、有賀たちが登ってきた安佐次川に続く水路へと続いている。本来の用水路はほとんど倒木や土砂で埋まっているが、ジャングルの中にその痕跡は残っていた。古い水路は、安佐次の集落の方向に伸びていた。

有賀はそこで足を止めた。

「かなり古いものだな……」

コリンが石積みを確かめながら言った。

「戦前は農業用水か何かに使っていたんだろうな。ところが米軍に泉のある土地を接収されて、水が使えなくなった……」

「おそらく、そんなところだろうな」

そういえば安佐次の集落にあるキビ畑は、いまでも水田の面影《おもかげ》を残す作りになっている。

「安佐次の集落もここからそう遠くないはずよ」

「そうだな。確かめてみよう」

有賀はそう言うと、その辺りで最も高い木に飛びついた。

子供の頃から木登りは得意だった。五メートルほど登るのに、それほど時間はかからなかった。木の枝の隙間から南側の斜面を見下ろすと、永子の言うとおり何軒かの人家が見えた。

「どうだった？」

木から降りてきた有賀に永子が訊《たず》ねた。

「思ったより近いな。一番手前の金城の家まで、一〇〇メートルもない」

「そんなに近いのか……。もしこの水路が例の動物の獣道だとすると、金城の老人の一件も納得できるな……」

それだけではない。新嵩が飼っていた山羊の死体が発見されたのも、金城の家の裏庭だった。いままでは漠然としていた個々の事実が少しずつ繋がってくる。同時に有賀、コリン、永子の三人もまた、謎の動物の棲息地に足を踏み入れたことになる。

三人はまた歩き出した。石積みに補強された水路は、整然と山の中に続いていた。幅は一定して約三メートルに保たれている。コリンは有賀と永子に、水路の中央を歩くように指示した。石積みの中は、ハブの絶好の棲み家になる。

ジャングルの緑も、次第に濃くなりはじめた。さまざまな広葉樹や、熱帯特有のシダ類がパノラマのように折り重なっている。

その中には例の写真に写っていた、ガジュマルと同種の木も多かった。人工的なものは、数十年前に作られた水路の石積み以外には何もない。ただ豊かな量と質を誇る自然が、膨大な時の流れを超えて、静かに息づくだけだ。

途中に何カ所か、小さな湧き水があった。そのような場所では、必ずナミエガエルやリュウキュウトゲオトンボなどの珍しい小動物を見かけた。コリンはリュックからクローズアップレンズを付けたニコンを取り出し、夢中で森の妖精《ようせい》たちの姿を撮り続けた。

間もなく一行は、行く手を急な斜面にはばまれた。頂上に、金網にフェンスがある。水路は斜面の下にあるコンクリート製のトンネルの中へと続いていた。トンネルは古いものだが、しっかりとした作りだ。その入口に、米軍用地であることを示すコーション・プレートが掲げてあった。

〈――オフ・リミット――〉プレートにはそう書いてあった。

「どうする。入ってみるか」

有賀が中を覗き込みながら言った。

「あまり気持のいい話じゃないな。おれは残念ながら騎士道精神は持ち合わせていないんだ」

コリンはそう言って、永子の方を見た。

「私は女の子だもん。暗いところは歩くなって、お母さんにそう言われてるの」

トンネルの長さは二〇メートルほどあるだろうか。高さも幅も三メートル以上はあった。だが下にはかなり水が溜《た》まっているので、不用意に踏み込むことは確かに危険だ。クチフラチャはともかくとして、このような場所にはハブが集まりやすい。

三人の迷いをよそに、ジャックがまず先陣を切った。トンネルに走り込む。闇の中を泳ぐ音が聞こえてきた。三人は息をのみながら、成り行きを見守った。やがて出口から射し込む光の中に、ジャックの姿が浮上した。

ジャックが三人をせかすように、長い声で吠えた。

「どうやら危険はないみたいだな……」

「結局あいつが、一番度胸がある……」

「ああいうオトコ、どこかにいないかしら……」

ベルトからL字型のトーチを外し、スイッチを入れ、有賀を先頭にトンネルの中に入った。トーチの光の中を、無数の蚊が舞った。水が、腰まであった。天井にしがみつくコウモリの群れが、三人を興味深げに見つめていた。

トンネルを抜けると、乾いた夏の風が体を吹き抜けた。水の流れ落ちる音が聞こえてきた。

そこに、泉があった。

左前方に、岩山がそびえ立っている。中腹から糸のように、小さな滝が落ちていた。その手前から、右手のジャングルの奥にかけて、鏡面のような水辺が広がっていた。

ここが竜の棲む土地なのか……。

三人は、自らの立場も忘れて、しばらくその荘厳《そうごん》な風景に見とれていた。

6

湖水は大気のように澄んでいた。

おそらく透明度は一〇メートルを超えているだろう。湖底のいたる場所から水が湧き出し、細かい砂が躍っていた。

浅場にはマツモがカーペットのように繁茂《はんも》し、水面を通して照射される光の中でゆらいでいた。その中で、イーブ（ボウズハゼ）の群れが遊ぶのが見えた。イーブは有賀の姿に驚くと、背鰭《せびれ》を旗のように立てて深場へと泳ぎ去った。

適度な冷たさが肌に心地よい。まるで魚になったような気分だ。有賀は湖の様子を調べるという目的をしばし忘れ、久し振りのシュノーケリングを楽しんだ。

有賀が水の中にいる間、コリンはゴムボートの上で水質調査をしながら待っていた。水温二三度。ｐＨ七・四。比重計を使って塩分濃度も調べてみたが、ほとんどゼロに近い。これらの数値は、あらかじめ予想していたとおりだった。

間もなく有賀が水中から上がってきた。

「ふう……。気持ちいいぜ。お前も泳いでこいよ」

有賀が水中ゴーグルを外しながら言った。

「嫌なこった。おれはまだクチフラチャの餌《えさ》になりたかない」

「だいじょうぶだよ。奴は夜行性だ。いま頃はジャングルの奥で眠ってるさ」

遠くの岸には、ビキニの水着に着替えた永子が、ジャックと日光浴している姿が見える。

元来が用心深い性格のコリンには、この日本人二人の感覚がどうにも理解できなかった。確かに例の未確認動物は、夜行性かもしれない。いままでのデータを見ても、それは明らかだった。だが日中は安全だという保証はどこにもない。

こうしてゴムボートに乗って湖面に浮かんでいるだけでも、コリンにはとてつもなく危険な状態に思えた。現にベン・ライルは、この湖で、ボート上で襲われた可能性が大きいのだ。

「ところでどうだった。中の様子は？」

コリンが有賀に訊いた。

「きれいだぜ。一面にグラスが群生してる」

「魚は？」

「ほとんど見ないな。小さなゴビーが少しいたくらいだ。大型魚は棲んでいないんじゃないかな」

沖縄の淡水魚は、ほとんどが川の下流部に棲んでいる。川の上流部や、湖水には少ない。ブラックバスやテラピアがまだ入ってないとすれば、可能性のある大型魚はオオウナギくらいのものだ。

有賀とコリンは、とりあえずボートで湖を一周してみることにした。形は入りくんでいるが、面積はそれほど広くはない。ゴムボートでも小一時間で一周できるだろう。

ベン・ライルの撮った写真の風景が、この湖のどこかにあるはずなのだ。それを確認し、まだ日の高いうちに山を下りなくてはならない。それにいくら日中だとはいえ、岸に残してきた永子のことも心配だった。

「早いとこ〝仕事〟をすましちまおうぜ」

コリンがオールを手にして漕《こ》ぎだした。

有賀はトランシーバーの送信スイッチを入れ、永子を呼び出した。

「こちら有賀。異状ありませんか。オーバー」

——異状ありません。ビールがないのが淋《さび》しいけどね。オーバー——。

「これから湖を一周します。一時間ほどで戻ります。オーバー」

——了解——。

永子が起き上がり、ボートに向かって手を振っている。その姿を確認し、有賀はトランシーバーを置いた。

「まったく気楽な奴だな……」

「お前だって似たようなものさ。それよりしっかり周りを見てろよ」

「わかってるさ」

二人乗りの小さなゴムボートだが、なかなか思うように進まない。だがその速度が、写真と風景を照らし合わせる作業にはかえって好都合だった。

有賀はベン・ライルの撮った写真を手に、ジャングルを凝視《ぎょうし》した。目印は、一本のガジュマルの木だ。不鮮明な写真だが、枝の形状に特徴があるので、確認することはそれほど難しくない。

しばらくしてそれらしき木があった。

「ちょっとボートを止めてくれ。あの木、どうだ……」

有賀がジャングルの中を指で示した。コリンがオールを置き、写真を手に取る。白っぽい幹の色。根本から扇のように広がる枝の形状。確かに写真のガジュマルによく似ている。

「間違いなさそうだな。一応ボートの位置を合わせてみよう」

コリンがオールを操作し、写真を撮ったと思われる位置までボートを移動させた。ベン・ライルのカメラは、フジのHD—Mである。レンズは約四〇ミリ。コリンはそれに最も近い三五ミリのレンズをニコンに取り付け、ガジュマルのある風景に向けて数回シャッターを切った。

沖縄に来て三週間目にして、やっと目的の場所を突き止めることができた。

ボートから岸までは、一〇メートルもなかった。その間の水面に、ベン・ライルを襲った巨大な生物がいたということになる。だが目の前に広がる穏やかな風景を見ていると、約二カ月前に起きた出来事を想像することは難しかった。

「やっと見つけたな」

コリンが手を差しのべながら言った。

「ちょっと待ってくれ」

有賀はその手を握ろうとしなかった。いまはまた、別の風景に目を奪われていた。それまでは目に入らなかったが、五〇メートルほど先の入江の奥に、何か白いものが見えた。

ベン・ライルの乗っていた車だ。狭い水際の空地に、荷台を湖に向け、白いピックアップが乗り捨てられていた。

「確か、ベンの車は白のダッツンだったよなぁ……」

「行ってみよう」

オールを握るコリンの手に力が入った。

心地よい太陽光線の下で、永子はふと我に返った。

午前中に山歩きをした疲れが残っているのだろうか、しばらく寝入ってしまったらしい。重い瞼《まぶた》を開き、左腕の時計に目をやった。有賀から最後の連絡が入ってから、まだ二〇分もたっていない。

体を起こし、風になびく長い髪を掻き上げた。湖面がガラスの粉を撒《ま》いたように輝いていた。永子は目を細めながら、目映《まばゆ》い光の中に仲間たちの姿を探した。

永子のいる場所からは、湖面のほとんどすべてを見渡すことができる。だが、どこかの入江の奥にでも入り込んでしまったのか、有賀とコリンの乗るゴムボートを見つけることはできなかった。

気がつくと、ジャックの姿もなかった。

どこへ行ってしまったのだろう……。

このようなことは、いままでに何回かあった。ジャックは常に、本能の赴《おもむ》くままに行動している。人間の近くに身を置くことは好むが、決して束縛はされない。自然の中に興味の対象を見つければ、黙って姿を消してしまう。

だが、いまは事情が異なる。永子はジャックが、自分を守るために側《そば》についていてくれるものと信じていた。

急に不安を感じた。

一人になって初めて、自分がいかにジャックを頼っていたのかに気がついた。

永子は水着の上からカモフラージュの野戦服の上下を身につけた。まだ乾ききっていない厚手の生地が肌に触れると、全身に悪寒《おかん》が走った。それでもジャングル・ブーツで足元を固めると、少しだけ落ち着きを取り戻すことができた。

手元にあるトランシーバーで、有賀たちを呼び出してみた。何回か試したが、応答はなかった。

何かをしていないと不安に耐えられなくなる。永子は立ち上がり、周囲を歩き回った。ジャングルの中を覗き込み、ジャックの姿を探した。だが、鬱蒼とした緑の中に、たった一人で踏み入るほどの勇気はなかった。

ジャックの名を呼んだ。声を張り上げて連呼した。だがその声は、必死の願いもむなしく、膨大な空間に吸い込まれて消えた。

自分一人が取り残された……。

永子は岩を背にし、膝を抱えて座り込んだ。あとはただ、誰かが帰ってくるのをこうして待つしかない。あのジャングルの中を歩き、一人で山を下るなどということは考えてみる気にもならなかった。そんなことがいまの自分にできるわけがない。

自然と五感が鋭くなっていた。小さな昆虫や、何気ない植物の葉など、いままで気にもとめなかったものが見えるようになってきた。

静けさの中に、さまざまな音があることもわかった。鳥の声、風の音、岩から滲《にじ》み出る水の音……。

他にも水の音があった。規則的な音ではない。水の流れや、波の音とはまったく異質なものだ。たとえるなら、大きな動物が水の中を歩くような音、だ……。

最初は、誰かが戻ってきたのかと思った。だが、湖面は静かだった。水音を立てるようなものは誰もいない。

どこから聞こえてくるのだろう。永子は注意深く辺りの様子を窺《うかが》いながら、音の方向を探った。

トンネルだ……。

音は水路に続くトンネルの中から聞こえてきていた。底に溜まった水の中を、〝何か〟がこちらに向かっている。最初はかすかだった音が、時と共に大きくなってきた。

逃げよう、と思った。だが思考とは逆に、体は動くことを拒んだ。足がすくみ、立ち上がることができなかった。

永子はトンネルの出口を凝視した。

音が迫っていた。

7

白いピックアップは、深い夏草に覆われていた。

ジャングルの中から伸びた蔦《つた》が、ドアの取っ手やバックミラーに絡みついている。

ベン・ライルがピックアップでこの場所に来てから、まだ二カ月しかたっていない。だが、持ち主のいなくなった鉄の固まりは、すでに自然の一部に取り入れられ、呑み込まれようとしていた。もう何年も前からそこにあるように、静かに眠っているかに見えた。

有賀とコリンはボートから陸に上がり、ピックアップを調べた。かなりのポンコツだが、走る機能に支障はなさそうだった。荷台には軍用のテントが一式と、寝袋、工具箱などが積んだままになっていた。どれもうっすらと土埃《つちぼこり》を被り、強い太陽光線と風雨にさらされて、色彩を失っていた。

運転席には誰も乗っていなかった。ドアに鍵《かぎ》はかかっていない。ドアを開けると、二カ月前の淀《よど》んだ空気が外に流れ出し、シートの古いビニールの蒸れた臭いが鼻を突いた。

助手席に小さなバッグが置いてあった。中を調べてみたが、着替えや未使用のフィルムが入っているだけで、特に手掛かりになるようなものはなかった。

「おい、ユウジロウ。飲むかい？」

バッグの中を覗き込む有賀の前に、コリンがクアーズのカンを差し出した。

「どうしたんだ。そんなもの？」

「荷台の下にアイスボックスがあったのさ。その中に入ってた。まあ、あまり冷えちゃいないけどな」

「二カ月前のクアーズか……」

有賀はコリンから金色のカンを受け取ると、一口喉に流し込んだ。温かいビールを飲むのは初めてではないが、そのクアーズはどうにも馴染めない味がした。


その動物は、二人から一〇メートルも離れていないジャングルに潜んでいた。

巨大な体を周囲の樹木に同化させ、完全なまでに気配を消し去っていた。

感情を持たない、まるで無機質のような一対の目で、二人の行動を見守っていた。いや、そう表現するのは正確ではないかもしれない。その動物はほとんど視力を持っていなかった。

目によって判断できる画像は、人間のそれとは大きく異なっていた。ただ明るさと、その中で動き回る物体と、視界にあるすべての物質から発散される熱量を察知して判別しているにすぎない。

その動物は体の一部からセンサーのようなものを出し、視力の欠陥を補った。大気の中にあるさまざまな情報をセンサーによって収集し、視界の中で動く物体の正体を確かめようとした。そして間もなく、それが二匹の〝人間〟であると判断した。

人間はその動物にとって、単なる獲物にしかすぎなかった。以前にも何回か食ったことを、頭脳ではなく、本能の一部が記憶していた。

空腹だった。

だが動物は、迷っていた。ジャングルの中から襲いかかり、獲物を仕留めるためにはいくつかの問題があった。

まず、第一に、獲物の大きさだ。敵としては警戒するほどではないが、餌としては限界に近い大きさだった。獲物が単独ではなく、二匹で行動しているということも気に入らなかった。そしていまは得意とする夜ではなく、日中であるということも、その動物の決断を鈍らせた要因であった。

しばらく様子を窺うことにした。

どちらかが立ち去るか。それとも、どちらかが近づいてくるか。行動を起こすのはそれからでも遅くはない。

その動物は、体の色素も形状も周囲のジャングルに同化させたまま、静かに待ち続けた。


「おい、いまトランシーバーが鳴らなかったか？」

コリンが泉の方を振り返った。トランシーバーはゴムボートの中に置いたままになっている。

「さてね。気のせいだろう。もし鳴ったとしても、永子が遊んでるのさ」

有賀はピックアップを調べることに夢中になっていた。

ナンバープレートは米軍関係者用のYナンバーが付いていた。車内にあった荷物のいくつかには、ベン・ライルの名前が書いてある。この車が失踪した黒人兵のものであることは、もはや疑いのない事実だ。

「なあ、そろそろ戻らないか。写真の風景は発見したし、ピックアップも見つかったんだ。もういいだろう。おれはどうもここが気に入らない。さっきから誰かに見られているような気がしてならないんだ……」

コリンは気弱そうに言うと、辺りを見回した。

「まあそう急ぐなよ。せっかくここまで来たんだ。もうひとつだけ調べておきたいことがある。このピックアップがどうやってここまで入ってきたのか、興味ないか?」

「そりゃあるさ。でもどうやって……」

「いいから車に乗れよ」

有賀が運転席に座った。キーは、イグニッションに差し込まれたままになっている。

「おい、まさかこの車で行く気か」

「そうさ。ガソリンは入ってるし、この暑さだ。バッテリーは二カ月やそこらじゃ上がらないさ」

チョークを引き、キーを回す。セルモーターが頼りない音で回り始める。しばらくして、エンジンは二カ月振りに息を吹き返した。

「な。かかったろう」

有賀がアクセルを踏み込みながら、コリンの顔を見て笑った。

「ああ、確かに日本車は優秀だよ」

「行くぜ」

有賀がコラムシフトのギアを一速に入れた。古い小さなピックアップは、車体に絡まった蔦を引きずりながら、ゆっくりと走り出した。


ジャングルの中で二人の様子を窺っていた巨大な動物は、ピックアップのエンジン音に一瞬、体を強張《こわば》らせた。自らの視力やセンサーを駆使しても、その物体を理解することは不可能だった。食欲が失せ、かわって警戒心が本能のすべてを支配した。

動物は行動を開始した。樹木から地面を伝い、必要最小限度の動きでジャングルの奥へと姿を消した。

誰もいなくなった泉の浜に、ゴムボートだけが取り残された。トランシーバーがその船底で鳴っていた。

――こちら永子。こちら永子。聞こえませんか……。何かがいるの。こっちに向かってるの……。お願い。誰か来て。戻って来て。お願い――。

だがその声は、誰の耳にも届かなかった。

熱い風の中に、ただ虚《むな》しく響くだけだった。

8

手から、トランシーバーが足元に落ちた。

永子は膝を抱え、その上に顔を埋《うず》め、目を閉じた。

トンネルの中から水の音が聞こえてくる。何者かが、こちらに向かっている。そして間もなく、その音の主が自分の前に姿を現す。

いまの永子にできることは、その瞬間をただ待つことだけだった。逃げようと思っても、金縛りにあったように体が動かなかった。

音が変化した。水の音が、地面を歩く音に変わった。そして間もなく、足音が止まった。

誰かに、見詰められている。気配だけが、伝わってくる。だが永子は、目を開いて相手の正体を確かめる勇気さえ失っていた。

「やっぱりあんたか……」

その声に、永子は我に返った。

「下に黄色いジープが止まってたからそうだろうと思ってたんだ。何してんだ、こんな所で……」

目を開いた。トンネルの前に、体から水を滴《したた》らせながら、キャンプ・ハンセンのMPフランク・ガードナーが立っていた。永子はその姿を茫然《ぼうぜん》と見詰めた。体から、急激に力が抜けていくのがわかった。

「どうしたんだよ、そんな顔して。おれは幽霊じゃねえぜ」

「わかってるわよ。幽霊の方がまだましだわ」

永子はそう言うと、フランクを睨《にら》みつけた。

その時、フランクの目の色が変わった。

「おい……。そこを動くんじゃねえぞ」

「え？」

「いいから動くな」

言い終わらないうちに、フランクが突然走り出した。座っている永子に向かって突進してくる。永子は悲鳴を上げて、地面に伏せた。その上に、体重二二〇ポンドの巨体が容赦なくのしかかった。

永子は渾身《こんしん》の力を込めてその巨体を押しのけた。なんとか這《は》い出すと、斜面をころがって下り、飛び起きた。

フランクは座ったまま笑っていた。

「驚かしてすまなかったな。あんたの後ろの岩の上に、こいつがいたもんでね」

そう言って、フランクは右手を掲げた。一メートル近くある大きなハブが、その手に握られていた。

ハブは首の近くを摑まれ、体を手首に巻きつけている。フランクは左手でそれを解くと、力まかせに引きちぎり、投げ捨てた。頭と胴が生き別れになったハブは、砂の上で狂ったようにのたうった。

「とりあえずお礼を言うべきかしら……」

「いや、礼なんかどうでもいいさ。それより、ナイフを持ってたら貸してくれないか……」

永子はポケットからガーバーのフォールディング・ナイフを取り出して、投げた。フランクはそれを受け取ると、刃を起こし、着ているTシャツを切り裂いた。ナイフを左手に持ち、刃を右肩にあてる。目を閉じ、歯を食い縛り、力を込めた。

鮮血が飛んだ。

「どうしたの?」

「いや、ちょっとな。どうやら咬《か》まれちまったらしい」

「見せて」

永子がフランクに歩み寄った。

右肩の、ナイフの切り傷の近くに、針で刺したような小さな咬み傷があった。

「とっさに胴の真ん中を摑んじまったんだ。まずかったよ……」

フランクは懸命に首を傾け、傷口から血を吸おうとしている。

「待って。私がやるわ」

「おい、よせよ」

「だいじょうぶ。虫歯は一本もないわ」

「そうじゃない。おれは汗臭いし、それに、こんなことレディーにゃ……」

「そんなこと言ってる場合じゃないでしょう。それに私は、レディーなんかじゃないわ」

永子はフランクの顔を押しのけ、肩に口を付けた。吸った。生温かい血の臭いが、口の中いっぱいに広がった。

血を吐き出す。そしてまた吸う。同じことを何回か繰り返した。フランクは無言で、なされるにまかせていた。

切り裂いたTシャツで包帯を作り、傷口を強く縛った。本来は血を止めるために、咬み傷の根元を縛らなければならないのだが、場所が肩なのでそうもいかない。

フランクの顔が、見る間に赤みをおびてきた。呼吸が荒くなり、目もうつろになりはじめた。

ハブの毒はきわめて強い。手足を咬まれただけならすぐに血清を打てば助かるが、上半身、特に心臓や頭に近い場所を咬まれるとその保証はない。治療設備の整った現在でも、沖縄ではハブによる死亡事故は絶えない。右肩を咬まれたフランクは、それだけでもきわめて危険な状態だった。

応急処置を終えたフランクは、自力で立とうとした。だがよろけて、その場にへたり込んだ。永子はフランクを横に寝かせ、頭の下にリュックを当てがって固定した。

「起き上がるのは無理よ」

「わかってるさ……。でもこうやって死ぬのを待つよりましだろう……。ここに血清があるなら話は別だがね……」

永子はトランシーバーを手にし、有賀とコリンを呼び出してみた。だが、相変わらず応答はない。

「この下に村があるわ。そこまで下りて、助けを呼んでくる」

「無駄だよ……。ここから村までは、二キロはあるぜ……。それにおれは、体重が二二〇ポンドもあるんだ……。何人連れて来る気か知らないが、運べやしないさ……」

「でも、他に方法はないわ」

「そうさ……。おれが自力で歩いて下りるしか方法はないんだ……」

フランクはまた起き上がろうとした。だがすでに、上半身を起こすほどの力も残っていなかった。

「待って。ひとつだけ方法があるわ」

永子は腰のベルトから水筒を外し、それをフランクに手渡した。

「ビールじゃなくてごめんなさいね。でも喉が渇くでしょう。これを飲みながら待ってて」

「どこに行く気なんだ……」

「だいじょうぶ。三〇分で戻るわ。強力な助っ人を連れててね。もうすぐ私の仲間が二人、戻ってくるわ。その二人にも、ここで待つように言って」

そう言うと、永子は踵《きびす》を返して走り出した。

「おい、待てよ。一人にしないでくれ……」

だが永子は、振り返らなかった。トンネルに飛び込み、水の中を走った。

ジャングルに出て、水路を下った。深い緑が、まるで動物のように永子を包み込む。不思議と恐怖心はなかった。ただひたすらに、全速力で走り続けた。

滑る斜面に足を取られ、何回か転倒した。だがすぐに起き上がり、また走った。

岩から岩へ跳び移る。

倒木を踏み越える。

体が躍動し、汗が飛んだ。

永子は高校時代に、陸上競技をやっていた。短距離と、ハードルが専門だった。その時のことを、走りながら思い出した。

泉から安佐次川までは約三キロある。それをどのくらいの時間で走り切れるかが勝負だ。

永子はハブに咬まれた人間を、何人も知っている。早く血清を打たなければ助からないことも、心得ていた。ましてやフランクは、肩を咬まれているのだ。時間の猶予《ゆうよ》はない。

心臓が熱く鼓動を繰り返した。限界は通り越している。だが、止まるわけにはいかなかった。

孤独なレースは続いた。安佐次の村の近くを通る。だが永子は、村を走り抜けて川へと向かった。

あと一キロ。ジャングルを抜け、マングローブ林に出ると、頭上に青空が広がった。

もう、間もなくだ。

やがて川の静かな流れと、岸に止めてある黄色いジープが見えてきた。

ジープに飛び乗った。呼吸を整える間もなく、セルボタンを押してエンジンをかけた。M38A1のハリケーン・エンジンは、その名のごとく力強く息を吹き返した。

トランスファーが四Lにシフトされていることを確かめる。クラッチを踏み、メインギアを二速に入れた。

「さあ、頼むわよ」

前後のデフにLSDを組み込まれたM38A1は、人間の足で登るのもやっとの斜面を轟音《ごうおん》と共に駆け上がりはじめた。

9

峠に登ると、目の前に東シナ海が迫っていた。

有賀はそこでピックアップを止めた。

左手に津波山の山頂を仰ぎ、海に向かって原野が広がっている。その先に延々と続く陸地は、屋我地《やがじ》島だろうか。水平線の手前には古宇利《こうり》島が浮かんでいるのが見えた。

沖縄本島は、北東から南西にかけて延びる縦長の島である。全長は一三五キロにもおよぶが、幅は最大でも三〇キロに満たない。安佐次の村の周辺もその例外ではなく、太平洋から東シナ海まで、直線距離で約七キロしかない。その気にさえなれば、歩いても横断できるほどの距離である。

眼下の荒野には、縦横無尽に道が走っていた。峠を越え、泉に続く道もその中の一本だった。

ところどころジャングルが伐採《ばっさい》され、空地が作られていた。軍の通信施設と思われる巨大なアンテナも見える。海沿いの国道五八号線の手前には、その内部が軍用地であることを示す金網のフェンスが張られていた。

「どうりで車が見つからなかったわけだな。ベン・ライルは、島の反対側から入ってきたんだ……」

有賀が双眼鏡を覗きながら言った。

「ボートが太平洋側で発見されれば、その周辺しか探さない。そしてその太平洋側から例の泉までは、車で上がれるような道はない。盲点だな。しかしいくらベン・ライルが軍人だとしても、よく無断で軍用地内に入れたな……」

「鍵を開けるのなんか、その気になれば訳はないさ。それに見てみろよ。ここには軍用車なんか一台もないぜ。どうせ使ってない演習地なんだ。ゲートに見張りもいないさ」

確かに沖縄には、そのような軍用地がいくらでも存在する。

通常、米軍が海外で基地を持つ場合には、当然その土地を所有する政府に対し借地料を支払う。だが例外的に日本だけは、安全保障条約の下に無料で貸し与えている。その費用は、日本政府が支払う。つまり米軍は、使いもしない演習地を沖縄に所有していても、経済的な負担はほとんどかからないことになる。植民地の土地を占領軍が勝手に使うのと、同じ理屈だ。

そのような軍用地には、もちろん重要な軍事施設など存在しない。常駐する者もいない。米軍関係者やその家族たちが、休日にピクニックに訪れるくらいのものだ。

「そろそろ帰るか」

「そうだな。ノリコのことも心配だしな」

有賀はその場でピックアップをUターンさせ、元の道を下った。いまは夏草に覆われているが、その下には舗装の跡も残っている。以前は泉から水を運ぶための補給路だったのだろう。

米軍用地は、良質の水源を中心に作られる場合が多い。特に戦後は、それが地元の農業に大きな影響を与える元凶にもなった。

丘の上から見下ろす泉の景観は、息を呑むほど美しかった。もし有賀が占領軍の将校であったとしたら、やはり同じようにこの土地を接収することを思いついただろう。地元の農民のことなどは考えなかったはずだ。演習という名のピクニックを楽しむには、最高の土地である。

泉に戻った頃には、太陽はかなり西に傾き始めていた。永子には一時間足らずで帰ると言ってあったが、その時間もすでに過ぎていた。

有賀はゴムボートに乗ると、まず最初にトランシーバーで永子を呼び出してみた。だが応答はなかった。

「どうしたんだ……。昼寝でもしてるのかな……」

有賀が首を傾げた。

「何かあったんじゃなければいいけどな。とにかく急ごう」

コリンが懸命にオールで水を掻いた。ジャングルの樹木の陰になった入江を出ると、永子が待つはずの岸辺が見えてきた。だが、そこに永子らしき人影はなかった。ジャックの姿も見えない。二人の表情に、緊張の色が走った。

有賀が双眼鏡を手にした。

岸の近くの岩陰に、誰かが横たわっているのが見えた。

「誰かが倒れてる……」

有賀が言った。

「誰だ、ノリコか？」

コリンがボートを漕《こ》ぎながら振り返った。

「いや、そうじゃない。男みたいだ」

「ノリコは?」

「いないな。ここからは見えない」

コリンは必死でボートを漕ぎ続けた。だが、その速度はもどかしいほどに遅かった。

ボートが接岸するのを待たずに、有賀は水の中に飛び降りた。そして走った。倒れていたのは、白人の大男だった。

後からコリンが追いついてきた。

「知ってる顔か?」

有賀がコリンに訊ねた。

「ああ、知ってる。台風の日に、おれを助けてくれた男だ。名前は確か……」

「フランク・ガードナーだ……。フランクと呼んでくれ……」

二人の声に気がつき、フランクが目を開けた。

「どうしたんだ。何があったんだ?」

有賀が訊いた。

「ハブにやられたのさ……」

そう言ってフランクは、包帯を巻かれた肩を指さした。近くに引き千切《ちぎ》られたハブの屍体《したい》がころがっていた。

「永子は？」

「助けを呼びに行ったよ……。何でも〝強力な助っ人〟を……連れてくるそうだ……」

「犬はどうした。茶色の大きな犬だ」

「いや、見てない……。知らんよ……」

話しながらも、フランクはかなり辛そうだった。右肩が空気を入れたように腫《は》れあがり、顔も土気色にむくんでいた。目に、生気がなかった。普通の人間ならば、話すことさえできなかったろう。

有賀は水筒のキャップを外し、それをフランクの口に近づけた。体を震わせながら、すがるように水を飲もうとするが、すぐに吐き出してしまう。呼吸も荒くなっていた。

「なあ……。頼みがあるんだ……」

フランクが絞り出すように言った。

「もうしゃべるな。おとなしく寝てろ」

「いや、いいんだ……。どうせおれは、助からねえよ……。その前に、教えてくれ……。あんたら、クチフラチャを追ってるんだろう……」

その言葉に、有賀とコリンは顔を見合わせた。

「だいじょうぶだ……。誰にも話しゃしねえよ……。約束する……。これは、軍とは関係ないんだ……。頼む……。教えてくれよ……」

「ああそうだ。おれたちはクチフラチャを追ってるんだ」

「やはり、な……。それで、ベン・ライルの車は見つかったのか……」

「ああ、見つけたよ。この泉の、対岸にあった。奴は西側からこの演習地に入ってきたんだ」

「そうだったのか……」

有賀は腰を下ろし、フランクの手を握った。肉が厚く、熊のように大きな手だった。だが有賀の手を握り返す力は、子供のように弱かった。

「写真のことは、悪いことをした……。あんたらに返すよ……。ポケットに、入っている……」

「いいからもう寝てろ。まだ死ぬって決まったわけじゃないんだぞ」

「おれは……ガラガラヘビに咬まれた奴を見たことがある……。そいつは……」

フランクの声が途絶えた。ゆっくりと目を閉じた。有賀はフランクの手を離し、立ち上がった。

「どうした。死んだのか？」

コリンがフランクの顔を覗き込む。

「いや、死んじゃいない。気を失っただけだ。まあ、危険な状態には変わりはないがな」

「そうか……。それにしても永子はどうしたんだ。いくら助けを呼んでくるっていったって、こんなグリズリーみたいな奴、運べやしないぜ」

「だいじょうぶだよ。永子は〝黄色のスージー〟を連れてくるつもりさ」

「なるほど……。あいつならやりかねないな」

「日本じゃあの手の娘を〝オテンバ〟って言うんだ」

「イギリスじゃ〝トム・ボーイ〟と言う」

しばらくして、どこからともなくジャックが戻ってきた。ジャックは体じゅうに木の葉や小枝を付けたまま、有賀とコリンにじゃれついてきた。

ひとしきりの再会の挨拶《あいさつ》が終わると、今度は倒れているフランクの様子を窺う。神妙な表情で、顔や傷口の臭いを嗅ぐ。ジャックにも、フランクが危険な状態であることが理解できるようだった。

だが、ジャックが最も興味を示したのは、引き千切られたハブの屍体だった。最初は恐るおそる近寄り、鼻先で突きころがしていた。そのうち腹から唸り声を出しはじめた。

突然咬みつき、振り回した。

「よせ、ジャック」

有賀がジャックを押さえ、口からハブの屍体を取り上げた。泉の中に投げ捨てる。それでもジャックは、まだ唸り声を上げ、向かっていこうとする。狂ったように暴れた。

「どうしたんだ、急に。ヘビなんか珍しくないだろう」

元来ジャックは、性格の穏やかな犬だった。有賀の知っている限りでも、幾度となくヘビには出会っているはずだが、これほど興奮するのを見るのは初めてだった。アメリカのアリゾナでは目の前にガラガラヘビがいるのに、まったく無視していた。

「ジャックは理解してるんだよ。フランクがハブにやられたってことをな。ハブが危険な動物だということを知ったのさ。この間お前が、バラクーダを釣った時だってそうだろう。ジャックは吠えてたぜ。前にパイクに咬まれたことを憶えてるから、いまでもあの手の魚を見ると興奮するんだよ。ジャックはおれたちが考えてる以上に、頭がいいのさ」

コリンが言うまでもなく、有賀にもわかっていた。

確かにそのとおりかもしれない。これからはおそらく、ハブを見つける度に吠えるだろう。だがそれは、しばらく沖縄で行動することを考えればかえって好都合だった。ジャックだけでなく、有賀や他の仲間たちの安全にも大きく貢献することになるだろう。

有賀が体を抱き、腹を撫でてやると、ジャックはやっと落ち着きを取り戻した。手を離しても、もうハブの屍体を追っていこうとはしなかった。

だが、どことなくいつもと様子が違っていた。警戒心を露わにして、しきりに臭いを探して歩き回る。他のハブの気配でも察したのだろうか……。

最初はジャックがまた唸り声を上げたのかと思った。

だが、そうではないことがすぐにわかった。

その唸り声、いや音は、泉の下のジャングルの中から聞こえてきた。M38A1のハリケーン・エンジンの音だ。OHV四気筒二・二リットルの、腹に響くような心地よいリズムが伝わってきた。

轟音に驚いて、ジャングルから鳥の群れが飛び立った。

「来たぜ」

「そうらしいな」

有賀はふたたびフランクの手を握り、語りかけた。

「おい、助けが来たぞ。わかるか。永子が戻って来たんだ」

だがフランクは、目を開かなかった。ただ有賀の声に、かすかに頷いたように見えた。

エンジンのリズムが力強さを増した。

水を分けて押し進む音が聞こえた。

トンネルの闇の中に、ヘッドライトの光芒《こうぼう》が走った。

次の瞬間、黄色い鉄の固まりが、夕日を受けて躍り出た。

第五章　鍾乳洞

1

泉を発見してから、一週間が過ぎた。

その間に二つの台風が相次いで琉球諸島を北上し、沖縄本島は壮絶な風雨の中に晒《さら》され続けた。

有賀は安佐次の廃屋に閉じ込められ、ほとんど外に出ることもできなかった。台風が小康状態になった時に、一度近くの商店に食料の買い出しに出ただけだ。あとはただひたすらに風と雨の音を聞き、眠り、食い、考え、退屈に耐え続けてきた。

永子はあれ以来、一度も実家には帰っていない。まるで自分の家のように、廃屋に居ついてしまっている。

このようなことは以前からよくあった。男ができるとその家にころがり込み、何日も帰らなくなる。両親もそれに馴《な》れているので、さほど心配はしていない。

有賀とコリン、そして永子も加わり、暇つぶしにカードを弄《もてあそ》んだ。ゲームはブラック・ジャックだった。だが三人とも、ほとんど金を持っていない。結果は有賀の一人勝ちでコリンは三〇〇ドルほどの架空の借金を背負うことになったが、それも二日ほどで飽きてしまった。

金がなくても食料に困ることはなかった。アイスボックスには安佐次川で釣った魚が大量にストックしてあるし、山羊の肉もある。野菜は村人がいくらでも分けてくれた。贅沢《ぜいたく》さえ言わなければ、何日でも暮らしていられる。

問題は、酒、だ。これだけは金がなければ酒は手に入らない。永子が実家から持ち出してきた泡盛が底をついてから、三人は生き甲斐《がい》を失ったように意気消沈《しょうちん》してしまった。

月末になれば、雑誌社から原稿料が入る。だがそれまでの数日間が、途方もなく長く感じられた。

元気なのはジャックだけだった。台風の中を飛び出したまま、丸二日ほど戻らなかった。雨に濡《ぬ》れ、ぼろぼろになって帰ってくると、飢えた狼《おおかみ》のように餌《えさ》を貪《むさぼ》り食って寝てしまう。そして気がつくと、またいなくなっている。そのようなことを何回か繰り返していた。

ジャックの目に精気がある。何かに夢中になっているようだった。そしてそれはおそらく、例の泉か、クチフラチャに関する〝何か〟だ。有賀にはそれがわかっていた。

有賀はジャックがクチフラチャの餌食《えじき》になることを案じていた。だが、止めようとは思わなかった。

ジャックの本能は、普通の飼い犬とは異なる。どちらかといえば野生動物に近い。おめおめと餌食になるとも思えなかった。そしてもし仮にそうなったとしても、それはジャックが自分で選んだ道なのだ。

コリンと永子にも、有賀の考えていることはわかっていた。ジャックが出ていっても、あえてそれを話題にすることを避けているようだった。そしてもう一人、ハブに咬《か》まれたフランク・ガードナーに関しても、誰も話そうとはしなかった。

フランクはあの日、永子のジープで安佐次の海保義正の家に運び込まれた。だが、村には血清のストックはなかった。そこで仕方なく隣村の診療所から取り寄せたが、ハブに咬まれてからすでに一時間以上が経過していた。しかも咬まれたのは肩である。医者は、助かるかどうかは五分五分以下だと言っていた。

その後、県警の渉警隊《しょうけいたい》（米軍関係の事件を担当するポジション）に通報し、米軍に連絡が取られた。間もなくキャンプ・ハンセンから救急車がやってきてフランクを連れ去ったが、その後どうなったのか、生きているのか死んでしまったのかさえわからない。

仲間ではなかったが、フランクは永子を助けるためにハブに咬まれたのだ。いずれにせよ、後味は良くなかった。

まだしもの救いは、それまでの謎がいくつか解明されたことだ。泉を発見したことにより、少なくともベン・ライルの失踪《しっそう》事件に関しては大きく進展した。〝写真〟の撮影された場所もわかったし、彼の乗っていたピックアップも見つかった。

七月二〇日の土曜の夜、ベン・ライルはピックアップにボートを積み込み、安佐次へと向かった。島の対岸の国道五八号線から米軍の演習地に入り、峠を越えて泉に至った。

そこでボートを降ろし、おそらく翌日の早朝に彼の身に何かが起きた。正体不明の動物が写った写真は、その時のものだろう。そして一週間後に大雨が降り、ボートが泉から押し流され、同二八日の早朝に安佐次川の下流でそれが発見された。ここまでの推理は間違っていない。

解明されていないのは、ベンの身に何が起きたのか。そしてもし何らかの動物が原因であるとするならば、その正体である。

「いったいあの泉には何がいるんだ……」

有賀が呟《つぶや》いた。

ペーパーバックの推理小説を読んでいたコリンが、またかという表情で顔を上げた。

「おれには恐竜ぐらいしか思い浮かばないね。水に入ることもできるし、陸も歩ける。人間なんかひと呑《の》みだ。それにあの写真だ。あれは絶対に恐竜の首だよ。半水棲《すいせい》の首長竜さ。ブロントサウルスか何かの生き残りだろ。小学生だってわかるさ」

投げやりな答え方だった。しかしコリン自身がそう考えているとも思えない。

「ブロントサウルスは草食だろ。絵本にだってそう書いてあるぞ」

有賀がやり返す。

「さあね。おれはブロントサウルスが食事してるのを見たことないんでね。レストランで会ったら何を注文するか見ておこう」

　コリンが面倒臭そうにまた本を読み始めた。

「真面目に答えろよ」

「おれはいま、いそがしいんだ。探偵マイク・ハマーがピンチなんだよ。後にしてくれ」

　とりつく島もない。

「本当は、何もいないいんじゃないかしら」

　永子が口をはさんできた。

「何もいないって、どういうことだ?」

「ベンのことも、ただの事故だったのよ。水に落ちて、溺《おぼ》れただけだったのかもしれないわ。彼は確かに泳げたけれども、心臓麻痺《まひ》を起こすことだって考えられなくはないわ」

「じゃあ、あの写真は?　作り物だっていうのか」

「木が浮いてたのかもしれない。それが大雨で、どこかに流れ去ったのよ。そう考えていけば、すべてに説明がつくわ。死んだ山羊は、県道で車に轢《ひ》かれたのよ。家畜が姿を消すのは、盗まれたか、逃げたかしたのよ。金城の老人は散歩に出て、迷子になっただけかもしれないじゃない。偶然が積み重なっただけなのよ。最初からクチフラチャなんて存在しなかった。私たちは、自分の頭の中にある幻を追ってるだけなのよ」

「金城の老人は、見たと言ってたぜ」

「九二歳の老人の言ったことよ。他に見た人間は一人もいないのよ。クチフラチャが存在するという根拠にはならないわ」

「どう思う?」

有賀はコリンに意見を求めた。

コリンはそこで、やっと本を閉じた。

「さてね……。ひとつだけ言えることは、おれたちの持っているデータはすべて状況証拠だけだってことさ。金城の老人が消えた時に、家の中が濡れてたってことは聞いたけどな。おれたちが行った時にはもう乾いてただろう。それに泉の周辺や水路にだって、足跡ひとつ見つかってないんだぜ。確かに永子の言うとおり例の写真が流木か何かだとしたら、まったく根拠はなくなっちまうんだ。幻だったと考える方がまともだよ」

確かに二人の言うとおりなのかもしれない。有賀は例の写真を見て、正体不明の動物の存在を頭から信じて沖縄までやってきた。つまり、最初から固定観念を持っていた。すべての事実をそれに結びつけて考えてきたのだ。もしクチフラチャが存在しないとしても、事実関係のつじつまは合う。

現に村人たちの反応は、有賀よりもはるかに冷静だった。当事者であるにもかかわらず、未だに半信半疑という態度を崩さない。

「おれたちの妄想だったというのか？」

有賀が言った。

「まだ答えは出ていないさ。まあ、可能性は低いだろうけどな。とにかくおれは、一人の動物学者として結果を得られればそれでいい。何かが存在しても、しなくても、事実は事実として受け止める。しかしお前の感性は、ハンターなんだよ。クチフラチャが存在するという前提でしか、物を考えられない。そこが欠点だな」

風が強くなってきた。窓に打ちつけた板の隙間《すきま》から雨が吹き込んでくる。コリンはまた本を読み始めた。永子は黙って部屋を出ると、夕食の支度をするためにキッチンに立った。

有賀はふてくされた表情で、ベッドに体を投げ出した。天井を見上げたまま、溜息《ためいき》をついた。

そして、考えた。

本当に、正体不明の動物などは存在しないのだろうか。単なる、妄想なのだろうか。

いや、そんなことはない。絶対に何かがいるはずだ……。

確かに自分は学者のように冷静な判断はできない。コリンに言われるまでもなく、単純なハンターのような男であることは百も承知だ。だがそのハンターとしての本能が、何かを感じているのだ。

もし存在するとしたら、その正体は何なのか。そして正体を知る方法はあるのか。何をするべきなのか。もう幾度となく考えたことだが、未だに答えを得られない。いざとなれば一人であの泉に出向き、そいつが姿を現すまで何日でも待ち伏せしてもいい。

その時、ドアをノックする音が聞こえた。この台風の中を、誰かが訪ねてきたらしい。有賀はベッドから降りると、ドアに向かった。

ドアを開けると、そこにフランク・ガードナーが立っていた。

「どうしたんだい。もういいのか？」

「ああ、どうってことない。三日間めしも食えなかったけどな。おかげでダイエットになった。これ、嫌いじゃねえだろ」

そう言うと、フランクは紙袋の中からジャックダニエルを取り出した。

有賀の目が輝いた。

「いやあ兄弟、よく来たな。まあ、上がってくれ。ははは……。おい、お客様だぞ」

その瞬間有賀の頭から、クチフラチャのことなどきれいさっぱり消し飛んでいた。

2

フランクの土産はバーボンだけではなかった。

クアーズが二ケースにステーキの肉、そして意味不明のハーシーのチョコバーが五ダース。だがその理由はすぐにわかった。酒盛りが始まるとフランクは、バーボンを飲みながらいとも簡単にチョコバーを一〇本ほどたいらげてしまった。

まだ右手の動きは不自由そうだが、顔色は悪くなかった。それにしてもタフな男だ。もしハブに咬まれたのが普通の人間なら、死んでいてもおかしくないところだった。それがまだ一週間しかたっていないのに、もう酒を飲んでいる。

フランクは、いわばコリンと永子の命の恩人である。だが逆に、自分の命を助けられたことにかなり恩を感じているようだった。有賀には、前に永子が言っていたほど、フランクが悪い男には見えなかった。

それに有賀は、自分に酒を振るまってくれる奴に悪人はいない、と信じる単純な思考回路を持っていた。だがこの哲学に関しては〝学者〟のコリンも同じであるらしい。それまでの頑固なイギリス人の顔はどこかに消し飛び、バーボンに酔いしれている。

ともかくフランクが来たことにより、それまでの打ち沈んだ空気が一掃された。そしてベン・ライルの件に関しても、いくつかの情報を得ることができた。

この事件に関して、米軍が裏で動いていること。理由は不明だが、担当将校の大尉が突然除隊し、本国に送り返されたこと。そして生前にベン・ライルが、クチフラチャの伝説に興味を持って調べていたこと。

有賀は以前にコリンが撮った写真をフランクに見せてみた。安佐次川で、米軍関係者らしい三人の男がボートに乗っている写真だ。

フランクはその中の二人の顔を知っていた。一人は除隊したミラー大尉の友人だった。ベトナム以来の同僚で、いまもキャンプ・ハンセンにいる。基地内で何回か顔を合わせたこともある。

もう一人には先日、金武町のバー・ストリートで会っていた。二人の空軍の兵隊を連れ、フランクにベン・ライルの件から手を引けと言ってきた男だった。素《す》姓《じょう》はいまもわからない。三人目の男には見憶えはなかった。

この三人が安佐次川にいたことを聞いて、さすがにフランクも驚きを隠さなかった。奴らはいったい何を調べているのだろう。ミラー大尉がクチフラチャに興味を持った理由も、そのあたりにあるのではないか。もちろんそれは、有賀とコリンにとっても興味深いことだった。

軍は、明らかに何かを隠している。正体不明の動物の存在は別としても、ベン・ライルの一件は単なる事故ではないことは確かなようだ。

「そのミラー大尉っていうのは、どんな奴だったんだ？」

有賀がフランクに訊《き》いた。

「いい奴だったよ。おれに週五〇〇ドルの小遣いをくれて、好きなだけ休みをくれて、その上に二階級特進を約束してくれたんだぜ。これで黙って国に帰ったりしなかったら、最高の上官だった」

「最初からマリーン（海兵隊）だったのか？」

「そうらしいね。ＭＰに来る前は研究室にいたらしいけどな」

「研究室？」

「ああ。研究室っていっても、たいしたことをやるわけじゃないさ。ジャングル戦で使いやすい道具を開発したり、そこで生活する方法なんかを考えるんだ。体力を消耗しないためのＣレーションのメニューとかね」

「動物に関しての研究とかは？」

「動物？　まさかあんた、クチフラチャを米軍が作ったなんて考えてるんじゃないだろうな。ＳＦ小説じゃないいんだぜ。せいぜいやったってコブラの血清を作るとか、モスキート・ジュース（防虫剤）の研究くらいのものさ」

　有賀は思わず笑ってしまった。米軍がＤＮＡを操作して恐竜を生き返らせ、それが沖縄で暴れ回る。有り得そうな話だが、フランクの言うとおり、それではＢ級のＳＦ小説だ。もし仮にそのような研究がなされているとしても、沖縄の基地の中などでやるわけがない。

「ミラー大尉はなぜその研究室からＭＰに移ったんだ？」

「研究室そのものが無くなっちまったんだよ。三年前にね。軍の新しい車両を見てもわかるだろう。ナム戦以来のM151が廃止されて、新しくハマーが制式採用になった。あんな大きな4WDがジャングルで使えるわけがない。国防省はもう南米や東南アジアのジャングル戦の可能性を考えていないのさ。これからは湾岸戦争のような、砂漠戦の時代なんだよ。熱帯雨林の研究をするセクションなんて、無くなっても当然なんだ」

「なるほどね……」

沖縄県内の演習地も、いまは使われなくなったものが多い。例の泉がある演習地も良い例だ。ジャングルの中では、砂漠戦を想定した演習はできないからだ。

アメリカは、ベトナムで手痛い敗北を味わった。その教訓から、これ以上東南アジアの内紛に介入する意思を失うのも当然だった。日本の国政に圧力をかけ、PKO法案を可決させたのもそのためだ。自らが傷つくことはない。同時に日本の経済力をも弱めることができる。一挙両得である。

「これからのアメリカの軍事力は、石油を守るためだけに使われるんだ。つまりおれたちは、石油の番人、てわけさ」

そう言って、フランクは苦笑いをした。

「女王様の軍隊とお手々つないでな」

コリンも口裏を合わせた。

台風の中で、夜中まで酒盛りは続いた。いつしか話題はクチフラチャを離れ、政治論になり、そしてお決まりのように女の話になった。

男たちは酒に酔い、浮かれていた。笑いが絶えなかった。だが永子一人だけは、なぜか沈んでいた。

3

一〇月二日、那覇——。

台風が過ぎ去り、沖縄はまた夏になった。

有賀は久し振りに都会の喧騒《けんそう》と人ごみの中にいた。多少観光気分に浸りながら、永子と二人で国際通りを歩く。道の両側には、観光ホテルや土産物屋が軒を並べている。

いつになく有賀は上機嫌だった。月末に待ちに待った原稿料が入り、いまは懐が温かい。用もないのに土産物屋をひやかしてみたり、買い食いをしてみたりと落ち着きがない。

ソフトクリームを手にしたまま、サープラス・ショップに入っていこうとする有賀を永子が引き止めた。

「早く用をすましちゃいましょうよ。それからでいいでしょ」

母親が子供をなだめるように、永子が言った。手を摑《つか》んで歩き出す永子に、有賀が渋々従う。

那覇に行こうと言い出したのは有賀だった。

有賀はいまでも、正体不明の動物の存在を固く信じていた。だが正体を明らかにしようにも、手掛かりはほとんどない。たったひとつ、手掛かりらしいものがあるとすれば、金城老人が言い残した〝クチフラチャは宮古上布《じょうふ》を纏《まと》っていた〟という一言だけだった。

コリンはその言葉に、まったく興味を示さなかった。古今東西、衣を纏った動物など神話以外には存在しない。もしいたとしたら、それこそSFである。動物学者であるコリンではなくとも、老人の戯言《ざれごと》と受け止めて当然だった。有賀も最初は、それほど問題にはしていなかった。だが心のどこかで、なんとなく気にはなっていた。それにいまとなっては、藁《わら》をも摑む思いだった。

有賀は宮古上布という織物を実際に見たことはない。なぜ老人は宮古上布と言ったのか。他の織物ではいけなかったのか。有賀にはその理由すらもわからない。そこで永子に案内を頼み、宮古上布を見るために那覇までやってきたのである。

ところが当の本人がこのざまである。永子は少し腹を立てていた。

永子はやがて大きな呉服店の前で足を止めた。

「ここならあると思うわ。県内の織物はほとんど揃《そろ》っているはずよ。もしここになかったら、あとは宮古島の伝統工芸センターに行くしかないわね」

「わかった」

有賀は残っていたソフトクリームを口に押し込むと、手をシャツで拭《ぬぐ》い、店に入っていった。永子がなかば呆《あき》れ顔で後に続く。

店内は意外と静かだった。高級品ばかりを扱っているためか、若い観光客の姿もない。織物や、それにまつわる製品だけが、上品に陳列してある。

沖縄は、織物の名産地として有名である。宮古上布以外にも、琉球絣《がすり》、首里《しゅり》絣、花織、八重山上布など、数多くの逸品を産出する。どれも歴史と伝統を重んじる工芸品として、その質の高さと美しさを現在に伝えている。その中でも宮古上布は、特に価値の高いものとして知られている。

陳列ケースの一角に、そのコーナーがあった。

「これが宮古上布よ」

永子に言われて、有賀が覗《のぞ》き込んだ。さすがに実物を目《ま》の当たりにすると、有賀の顔も真剣になった。

宮古上布は苧麻《ちょま》の極細糸を使った織物で、宮古島の平良《ひらら》市特産の着尺地《きじゃくじ》である。その歴史は天文《てんぶん》年間（一五三二〜一五五五年）にまで遡《さかのぼ》るとも言われる。表面に蠟《ろう》を引いたような光沢を持ち、肌触りが良く、堅牢《けんろう》である。ただし織るのには他の反物とは比べものにならないほど手間が掛かり、熟練した者でも一反二カ月を要する。それだけに価格も高額になる。

永子はやはり女だった。織物などには興味を持ったことはなかったのだが、宮古上布の深い味わいに魅きつけられていた。その反物で着物を作り、着て歩く自らの姿を想い、ケースの中の反物に見とれていた。

「どうした。欲しいのか？」

有賀の声に永子は我に返った。

「そりゃあね。私だって女だから。でも買えるわけないしね」

永子の言うのも無理はない。宮古上布の反物には、最低でも一反五〇万の値札がついていた。

二人の前に店員がやってきた。織物を扱う店にはよく似合う、上品な初老の女性だった。

「宮古上布ですか。お出ししましょうか?」

「いえ、買うわけじゃありませんから」

その永子の言葉を、途中で有賀が遮った。

「どれでもいいから見せてくれるかな」

有賀が言うと、店員はケースの鍵《かぎ》を開け、手頃《てごろ》なものを一本取り出した。有賀はそれを無造作にケースのガラスの上に広げた。手で触れてみたり、裏返してみたり、遠くに立って眺めてみたりと落ち着きなく動き回る。

永子は気が気ではなかった。有賀には値段のことなどまるで頭にはないらしい。だが店員の老女は、慌てる様子もなく笑顔をたやさない。

「ねえ、おばさんさあ。この布、なんでこんなに光ってるの?」

有賀が店員に訊《たず》ねた。

「はい。苧麻という特殊な糸で織っておりますから。これが宮古上布のひとつの特長なんでございますよ」

「へえ……。この織柄は?」

反物は全面に〝亀甲《きっこう》〟柄がびっしりと並んでいる。

「そうですね。他の柄もあることはありますけど、この〝亀甲〟が宮古上布では主流ですねえ」

金城老人は、あの時〝宮古上布〟と特定した。沖縄には、他にいくらでも有名な織物がある。しかも老人は宮古島の出身者ではない。ごく自然に考えても、宮古上布の名が無意識に出るわけがない。必ず何か理由があるはずだ。

宮古上布の特色は、表面の光沢と亀甲柄にある。そのどちらかか、もしくは両方に意味があるのではないか。そうとしか考えられない。有賀はケースの上に長々と広げられた反物を眺めながら、金城老人が見た〝モノ〟について想いをめぐらした。

もうひとつ疑問がある。纏っていた、というのはどのような状態なのだろうか。考えようによっては、さまざまな意味にとれる。着物のように着ていたともとれるし、天女《てんにょ》の羽衣《はごろも》のように風になびかせていたともとれる。体に巻きつけていたのかもしれない。

それとも……。

その時、有賀の頭をひとつのイメージがよぎった。纏っていた、という意味について、ごく普遍的な解釈が思い浮かんだ。

まさか……。

「どうしたの?」

有賀の様子に気がついて、永子が声を掛けた。

「いや、何でもない……。それより、出よう……」

そのまま有賀は店を出ていってしまった。

「どうもすみません。また来ます」

永子は店員に頭を下げると、慌てて有賀を追った。

有賀はぼんやりと国際通りを歩いていた。人にぶつかっても意に介さない。上の空で道を渡って、タクシーにクラクションを鳴らされる。運転手にどなられても怒るでもなく、口の中で何かを呟きながら考えごとをしていた。永子はなかば呆れながらその後についていった。

そのうち一軒の土産物屋の前で立ち止まった。店先にあった珊瑚《さんご》の置物を手に取り、穴があきそうなほど見つめていた。子供のようにはしゃいでいたかと思うと、急に真剣になる。そうかと思うと、今度は抜け殻のように手応えがなくなる。まったく摑み処がない男だ。

「なあ永子……。沖縄は珊瑚礁の島だよなあ……」

「そうよ。いまさらどうしたのよ」

「ということは、石灰質の地盤が多いわけだよなあ……」

「知らないわよ。私、地質学者じゃないもん」

「どこかに、鍾乳洞《しょうにゅうどう》はないか？」

「あるわよ。玉泉洞《ぎょくせんどう》っていう有名なやつが。ここからもっと南に下った玉城村《たまぐすくそん》にね」

「いや、そこじゃない。もっと北の方にはないか。安佐次か、それとも金武町の近くにさ」

「金武町にあるわよ。観音《かんのん》寺っていうお寺に。ベン・ライルもよくそこに行っていたわ」

「そこだ！」

有賀が急に大声を出した。

目に生気を取り戻していた。

「行こう」

珊瑚を置くと、永子の腕を摑み、大股《おおまた》で歩き出した。

「ちょっと待ってよ。まったく……」

永子には何がどうなったのか、皆目《かいもく》見当もつなかった。

金武町、観音寺――。

国道三二九号線とキャンプ・ハンセンに挟まれた旧市街地の一角に、僅《わず》かな雑木林が残っている。その中に、観音寺は静かにたたずんでいた。

観音寺は一六世紀初頭、日秀上人《にっしゅうしょうにん》によって開山されたと伝えられる古刹だ。当時は禅宗であったが、後の一六六二年に具志川王子朝盛によって高野山真言宗に改められた。正式には『金峯山観音寺』と呼ばれる。

昭和九年、失火によって全焼したが、同一七年に住職および村民の協力により再建された。現在残っている本堂は、その時に建立されたものである。沖縄本島で唯一戦火を免れた寺としても知られ、その槙材《まき》を多く用いた沖縄独特の建造物は文化財としても高く評価されている。ちなみに県内で戦火を受けなかった寺は、宮古の祥雲寺《しょううんじ》、八重山の桃林寺《とうりんじ》、そして観音寺の三寺のみであった。

門を入ってすぐ右手に、鍾乳洞『金武権現宮』の入口がある。中には手すりが設けられてはいるが、足元は険しい。まるで地底に落ちていくように、巨大な鍾乳石に彩られた狭い洞窟《どうくつ》が続いている。

有賀は一人で穴を下りていった。永子は見馴れた観音寺にはいまさら興味はないらしく、実家で待っている。有賀には、それがむしろ都合よかった。

一〇メートルほど下ると、鍾乳洞ならではの冷たい空気が体を包み込んだ。だが、半袖《はんそで》のシャツ一枚でも肌寒いというほどではない。沖縄はさすがに南国である。同じ鍾乳洞でも、本土のものよりも中の気温は高い。そしてもちろんその気温は、一年を通じてほぼ一定である。夏は涼しく感じられるが、逆に冬は温かく感じられる。

鍾乳洞をすべて見るまでもなく、有賀は地上に戻った。やはり思ったとおりだった。宮古上布と、金武権現宮。この二つを結びつけることにより、有賀の想像力は次第にふくらみはじめた。

有賀はその後、本堂に立ち寄り、住職に会見を求めた。ちょうど手があいていた住職は、快《こころよ》くもてなしてくれた。

最初、有賀はものついで程度の軽い気持ちであった。金武権現宮をはじめ、沖縄本島の鍾乳洞について、少しでも参考になるような話でも聞けたらと考えただけだった。

ところがここで、有賀は思いもよらない大きな収穫を得た。金武権現宮には、日秀上人にまつわる興味深い伝説が残っていたのである。

その伝説は、暗に有賀の想像が正しいことを示唆していた。いや、それだけではない。もし日秀上人の伝説が実話だとすると、四〇〇年以上も前のその出来事は、今回の安佐次の事件とまったく同一のものである可能性すらあった。

有賀としては珍しく、住職に丁寧に礼を述べて寺を辞した。体が震えていた。街に出て電話ボックスを探し、月刊アウト・フィールド誌の編集部に電話を入れた。担当の矢野を電話口に呼び出し、次号のカラーグラビアを六ページ空けておくこと、そして取材費を送ることを求めた。

もちろん原稿料の交渉も忘れなかった。通常の原稿料に加え、ボーナスとして五〇万。有賀はなぜかその数字に固執した。だが例の写真の動物の正体が判明したことを告げると、矢野はすべてを了承した。

はったりではなかった。

有賀は、すべてを確信していた。

4

雲間から月が顔を出した。

闇《やみ》の中で眠っていた草木に光が注がれ、輪郭が青白く浮かび上がった。海から吹き寄せる風が、肌に冷たかった。有賀は浜に向かう道を下りながら、上着を忘れてきたことを少し後悔していた。

心地よく酔いが回っている。だが、足元が覚束《おぼつか》ないほどではなかった。コリンとフランクの笑い声が、まだ頭の片隅に残っていた。二人はいまも廃屋の中で酒を飲み、いつもながらの四方山《よもやま》話に時を忘れている。

最近フランクは、三日に一度は酒を持って訪ねてくるようになった。有賀もコリンも、そのことについては特に不満はなかった。むしろ歓迎さえしていた。だが永子だけは、どうも快くは思っていないようだった。

有賀はそれが気になっていた。今夜も気がつくと永子の姿が見えなかった。有賀は酔い醒《さ》ましがてら、永子を捜すために浜に向かっていた。

立ち木の間を抜けると、その先に月の光で輝く静かな海が見えた。かすかな波の音にまざり、どこからか三線《さんしん》（蛇皮線《じゃびせん》）の旋律と唄声が聞こえてきた。その音色は浜に近づくにつれて、少しずつはっきりと聞きとれるようになっていった。

波打ち際に、永子の影が座っていた。有賀の存在に気がつくこともなく、無心に三線を奏でていた。

有賀は足を止めた。永子の後ろ姿に、声を掛けることはできなかった。少し離れた砂の上に腰を下ろし、ただ黙ってその音色に耳を傾けた。

潮の香りに素肌を染めりゃ
恋を知るのも早いもの
南国育ちの夢見る花は
胸のほのおと燃えて咲く
ヤレでぃぐぬ花　〽

島は若夏サバニに乗せて
慕う想いを届けたい
南国育ちの心をこめて
今宵織りなす芭蕉《ばしょう》布《ふ》は
ヤレだれのため　〽

一夜情のあなたを想い

むせび泣くよな沖っ風
南国育ちの弾く三絃は
いとしニーセ達の帰り待つ
ヤレ恋の歌〱

ゆれる面影いざり火遠く
大漁知らせる南風
南国育ちの心の内は
島を色どる花のよに
ヤレ肝美らさ〱

（南国育ち　作詞・坂口洋隆）
JASRAC　出2002695-001

心に沁《し》みる唄声だった。切なく、甘く、そして美しかった。歌詞の意を、すべて理解することはできなかったが、それが恋の唄であることだけはわかった。唄声は次から次へと風に運ばれ、有賀の耳を一瞬かすめて消えていった。それがとてつもなく不条理なことのように思えてならなかった。できればこうして月を眺めながら、いつまでも唄声に耳を傾けていたかった。この瞬間が、永遠のものであってほしいとさえ思った。

やがて唄は終わった。

繰り返す波の音の中で、永子はゆっくりと三線を砂の上に置いた。有賀は立ち上がり、永子に歩み寄ると、その横に腰を下ろした。

永子は初めて、有賀がいたことに気がついたようだった。その表情に、戸惑いの色を隠せなかった。

「いい唄だな……」

有賀が言った。だが永子は答えなかった。両手で膝《ひざ》を抱き、その上に顔を乗せ、ただ黙って海を見詰めていた。

有賀は永子の横顔に目を向けた。不安気な、どことなく物憂《ものう》い瞳の中に、青い月の光が映っていた。その時、有賀は、この南国生まれの気丈な女がごく普通の娘であることに初めて気がついた。

「どうして一人で出てきたんだ。フランクが来ているからか？」

その問いにも永子は答えなかった。

「フランクが白人で、しかも米兵だからか。奴が好きじゃないんだろう」

「沖縄に生まれた人間にしかわからないわ」

やっと永子が口を開いた。

「つまり奴は、侵略の象徴ってわけか」

「そうね。そのとおりよ」

「でも君の父親も米兵だった。そうだろう」

「確かにね。でも母を責める気はないわ。戦争で親も兄弟も失って、畑も接収されて、生きるためには仕方がなかったのよ。その間に生まれたのが私……」

「でも、フランクは悪い奴じゃない。君も、コリンも、一度は彼に助けられてるんだ」

「わかってるわ。でも受け入れられないのよ。彼が来ると、あなたやコリンのことも悪く思えてくるの。米兵も、日本人も、イギリス人も、みんな同じだって。結局は支配する側の人間だって。私とは違うんだって。それがいやなのよ」

永子は涙声になっていた。

「コリンはアイリッシュだよ。少なくとも彼の血の四分の三はな……」

アイルランドの歴史は沖縄と似ている。イギリスとの関係の中で、常に〝侵略される側〟、そして〝支配される側〟にその身を置いてきた。アイルランド民族の自由と解放をめぐる問題は、一九二二年の『アイルランド自由国』の成立、また四九年の『アイルランド共和国』の成立により一応は鎮静化している。だが現在もイギリス領として残る『北アイルランド』の共和国への統合など、解決されるべき問題は多い。

アイルランド人は独自の文化と伝統を持ち、特に文学や民謡は世界的に親しまれている。民族性も開放的だ。だからなのか沖縄と琉球民族を語る折りには、必ずといっていいほど引き合いに出される。

「侵略するとかしないとか、そんなことは政治や国家がやることとさ。民族は関係ない。同じ民族にも、必ず二種類、いや、三種類の人間がいるんだよ。中立も含めてね。君には琉球民族と白人の血が、半々に流れている。どちらの側の人間になるかは、君次第さ」

「あなたは？」

「わからない……。もしかしたら、侵略する側の人間になる素質は持ってるのかもしれないな。この間、丘の上から例の泉を見た時、思ったよ。美しい土地だって。もし自分が米軍の関係者だったら、やはりあの土地を接収するんじゃないかって、そう考えてた。地元の人間の都合を無視してね……」

「そんなことないわ。あなたにはできない」

「そうかもしれない。誰だって、その場になってみなければわからないさ……」

永子は有賀の言葉の意味を考えていた。青い月と、その光を反射させる静かな海を見詰めながら、自分の想いと照らし合わせていた。

永子は沖縄を愛していた。この美しい海が、たまらなく好きだった。いまはそれがすべてなのかもしれなかった。

「どうでもいいことなのよね。結局、もうすぐすべてが終わるわ」

「どうして？」

「別に……。何でもない……」

有賀はその場に横になった。組んだ腕の上に頭を乗せ、流れる雲を眺めた。波の動きが砂を通して体に伝わってくる。耳元で、風に舞う砂の音が騒いでいた。

「さっきの曲、もう一度唄ってくれないか」

有賀が言った。だが永子は、黙って首を横に振った。そしてゆっくりと浜に横になり、有賀の腕の中に体を預けた。

有賀の武骨な掌《てのひら》が、永子の髪を抱きよせた。肌の温もりと、乳房の柔らかな感触が心地良かった。

いまは風の冷たさも気にならなかった。

いつの間にか、月は雲に隠れていた。


翌朝――。

有賀は日の出前に目を覚ました。

永子とコリンを起こさぬように寝室を出て、ダイニングを通り、外に出た。

ドアの前にジャックがいた。ジャックは有賀の気配に目を開き、尾を振ると、一度大きなあくびをした。その前にドッグフードを置いてやると、少し間を置き、やがて貪《むさぼ》るように食べはじめた。

ジャックが帰ったのは二日振りだった。背中を撫《な》でてやると、有賀の指先に白い粉が付いた。石灰岩の粉末だった。

有賀は一度部屋に戻ると、カモフラージュの野戦服を身に着けた。

リュックの中身は前日のうちに用意してあった。トーチ、バッテリーの予備、雨具、三食分のCレーション、水が一リットル、カメラ、そして二〇メートルのザイル。それらをもう一度確認し、背負った。腰のベルトには、長年愛用したバックのハンティング・ナイフが下がっている。

寝室のドアを静かに引き、その隙間に顔を寄せた。暗がりで永子が軽い寝息をたてている。その寝顔は、まるで少年のようだった。声を掛けてやりたい衝動を抑えて、有賀はドアを閉じた。

外に出ると、ジャックが待ちかまえていた。東の空が、赤く萌《も》えはじめていた。気分の良い一日になりそうだった。

「ジャック、行くぞ」

その声に、ジャックの喉《のど》が低く鳴った。

5

「ユウジロウはどこに行ったんだ？」

コリンはコーヒーを飲みながら、キッチンに立つ永子に訊《たず》ねた。

「知らない。釣りでしょう」

永子が朝食の用意をしながら答えた。

あくまでも日常的な会話だった。窓からは強い朝日が射し込み、小鳥のさえずりが聞こえてくる。このような朝に有賀がロッドを手に姿を消すのは、特に珍しいことではなかった。もし前日のフランクとの酒盛りが度を越していなければ、いま頃はコリンも安佐次川の河口でロッドを振っていただろう。

最近は潮の加減か、河口にマングローブ・スナッパーが寄っていた。そのパワフルなファイトもさることながら、食べても旨い魚だった。朝の散歩をかねた遊びとしては、悪くない釣りである。

時刻はすでに午前九時を過ぎていた。いずれにしても、間もなく戻ってくるはずだ。

だが何気なく玄関に目をやった時に、コリンは小さな違和感を覚えた。昨夜まで三足あったはずのジャングル・ブーツの一足が、消えていた。有賀は釣りに行く時に、ブーツを使うことはない。

カップをテーブルに置き、コリンは玄関に立った。やはりブーツがなくなっている。それだけではなかった。ドアの近くに立て掛けてあるロッドの数は、すべて揃《そろ》っていた。有賀のタックル・ボックスも残っていた。

部屋の奥の棚に目を移した。有賀のカモフラージュの野戦服と、リュックが消えていた。

テーブルに戻ると、永子がベーコンとスクランブル・エッグの載った皿を置いた。コリンはそれを無言で食べはじめた。どうやら永子はまだ気がついていないらしい。朝食はいつものように、三人分用意してあった。

「遅いなあ。食事が冷めちゃうのに……」

永子がトーストを食べながら言った。

「ユウジロウの分は無駄になるかもしれないぜ。どうやら釣りに行ったんじゃないらしい」

「どうして？」

「釣り道具は全部玄関に揃っている。それに奴のブーツと野戦服が一式全部、消えている……」

永子が席を立った。コリンと同じように、玄関や部屋の中を調べて歩く。ドアを開いて外を見ると、足元にジャックの餌用のボウルが置いてあった。

「ジャックが朝に戻ったみたいだわ。いったいどこに行ったのかしら……」

「後でビーチに出てみよう。おそらく例の泉だろうな。奴は一人でクチフラチャを探すつもりらしい」

「だいじょうぶかしら。何もなければいいけど……」

「平気さ。奴は人生の半分をジャングルや砂漠で過ごしてきたような男なんだ。

それにジャックが一緒なんだ。間違ってもやられるようなヘマはしないさ。それにあの泉に何かいるかどうかだって、怪しいもんだ」

コリンはまだ〝未確認動物〟の存在を頭から信じてはいなかった。だが有賀は、何かを摑んでいる。

「ひとつだけ気になることがある。奴の様子が最近おかしいんだ。先週、君と街に出掛けただろう。あれからなんだ。何か思い当たることはないか」

「別に……」

「何も隠すことはないだろう。それとも奴に口止めされているのか？」

「そうじゃないわ。私にもよくわからないのよ。ただ、彼は例の動物の正体について、何かを摑んだのかもしれない……」

「なぜそう思うんだ」

「あの日、那覇に行って宮古上布を見たの。金城老人が言っていた、例の布よ。その時、彼の様子が少しおかしかったわ。まるで考えごとをしてるみたいに、他のことには上の空で……」

「ミヤコジョウフか……」

そう言われても、コリンにはまったく見当がつかなかった。クチフラチャは宮古上布を纏っていた。かつて失踪《しっそう》した金城老人がそう言っていたことは、有賀から耳にしていた。

だが布を身に着けている動物など、人間以外には存在しない。正しい結論を得るためには、情報を常に吟味する必要がある。間違った情報は、排除しなくてはならない。それが学問の基本だ。コリンは当初から、宮古上布の一件は老人の戯《ざれ》言《ごと》として相手にしていなかった。

有賀は確かに宮古上布にこだわっていた。だがそこからある種の結論を導き出すことなど、コリンの常識から考えればまったく有り得ないことだった。

「その後で、急に沖縄は珊瑚礁の島だって言い出したの。だから鍾乳洞が多いはずだって……」

「他には？」

「鍾乳洞？」

「それで帰りに金武町に寄って、お寺にある鍾乳洞を見てきたのよ」

「…………」

鍾乳洞——。

その一言を聞いて、コリンの頭の中に小さな閃《ひらめ》きがあった。さまざまな情報が収集され、ぶつかり合い、想像力が駆使された。やがてそれがひとつの結論に達するまで、それほど時間はかからなかった。

自分はとんでもない間違いを犯していたのかもしれない。いままで無駄な遠回りをしながら、まったく気づかなかったのだ。未確認動物は、やはり存在する。そしてベン・ライルと金城老人の失踪も、その可能性を前提に考えてみれば原因は明らかだ。彼らはすでに生きてはいない。おそらく、その動物に食われている……。

問題は有賀だ。おそらく有賀も、自分と同じ結論に達しているにちがいない。それにしても、奴はたった一人で何をする気なのだ……。

「どうしたの？」

真剣な顔で考え込むコリンの顔を、永子が覗き込んだ。

「いや、何でもない。それよりちょっと、ビーチに出てみないか」

「ええ……」

二人は朝食を途中で切り上げ、浜に出た。もし有賀が泉に向かったのであれば、ボートを使っているはずだ。だがコリンの意に反し、ボートはいつもの場所に残っていた。

「今朝、ジャックが帰っていたらしいと言ったよな」

「ええ。ドアの外に餌用のボウルがあったわ」

「そうか……」

有賀が街に出たのは四日前だ。その時に動物の正体に気づいていたとしたら、なぜ今日まで行動を起こさなかったのか。答えはひとつしかない。有賀は、ジャックの帰りを待っていたのだ。

ジャックに案内をさせる気なのか。だとすれば、あの広大なジャングルの中に有賀を追うことは不可能だ。

「ノリコ、悪いけどジープを借りるぜ」

「どこに行くの？」

「キャンプ・ハンセンだ。フランクに会ってくる」

「私も行くわ」

「だめだ。君はここで待っていてくれ。ユウジロウが戻るかもしれない。もし戻ったら、おれが帰るまで引き止めておくんだ。いいな」

言うが早いか、コリンは踵《きびす》を返して走り去った。永子は、ただ茫然《ぼうぜん》とその後ろ姿を見送った。海は、昨夜の静けさを忘れたかのように白く波立っていた。

6

ジャングルを覆う樹木の葉の間から、朝の強い陽光が射し込んでくる。その熱を受けて、まだ露の乾ききらない下生えが鈍い光を放っていた。

有賀は水分を多量に含む土に足を取られながら、南側の急な斜面を登り続けた。大木にからまる蔦《つた》や岩に手をそえて体を支えながら、一歩ずつ、注意深く進んでいく。安佐次川から泉へと向かう水路から山に入り、すでに一時間以上が経過していた。太陽の位置から、有賀は北北東に進んでいるらしいことがわかっていた。安佐次川の、源流の方角である。

西に尾根伝いに行けば、例の泉がある。だがジャックは、むしろ逆方向に有賀を導いていく。

ジャックは水を得た魚のように、ジャングルの中で躍動していた。急な斜面を駆け上がり、振り返って有賀を待ち受け、追いつくのを確認してまた走った。

密生するシダの中に、道はついていない。だがジャックの進んだルートに沿って歩けば、ハブに襲われる心配はない。すでにジャックは、ハブの脅威を理解しているからだ。事実、先程も岩の陰にその気配を察すると、唸《うな》り声を上げて威嚇《いかく》し、有賀に注意を促した。そしてその岩場を大きく迂回《うかい》し、安全なルートを進んだ。

　ジャックは鬱蒼《うっそう》としたジャングルを、通い馴れた道のように熟知していた。明らかに目的を持って進んでいる。そしてその行き先は、おそらく、竜の棲《す》む鍾乳洞だろう。

　早朝、有賀はジャングルに入る前に、安佐次の村に立ち寄った。失踪した老人の家を訪ねると、家主の金城真造がちょうど畑仕事に出掛けるところだった。

　有賀はそこで、いくつかの疑問を解いておきたかった。

　事件のあった朝、金城は廊下が不自然に濡れていた、と言っていた。だが有賀が駆けつけた時には、すでにその水は乾いてしまっていた。問題は、乾いた後の廊下に、白い粉のようなものが残っていたかどうかだ。

　金城は、まったく気づかなかったらしい。だが、妻の君子が憶えていた。

　あの朝、金城はあわてて廊下に尻餅《しりもち》をついた。その時に着ていた寝巻の尻の辺りに、確かに白い粉が付いていたという。その粉は、おそらくいまジャックの背に付いているものと同質のものだ。鍾乳石の基《もと》となるもの。つまり石灰質の粉である。

もうひとつ気になっていたことは、老人が密室の状態から失踪したことだった。それもあらためて家の構造を見ると、容易に謎は解けた。

さらに、あの事件の直後、ジャックが不自然な戸惑いを見せていたこともいまは理解できる。竜、いや、その動物の臭いが残っていなかったわけではなかったのだ。

ジャックはその時、すでに気づいていたのだ。ただその臭いが、あまりにもありふれたものだったにすぎない。もし臭いによってその動物の大きさを知ること が可能ならば、ジャックの反応もまた違ったものになっていたことだろう。

有賀は念のために、村の近くに鍾乳洞があるかどうかを金城に訊ねた。だが金城は、まったく知らなかった。それだけのことを確かめると、有賀は金城の家を後にした。

村の裏山を登っていくと、途中に金城家の古い墓があった。骨室を閉ざす鉄の扉が、朽ちかけて傾いていた。有賀は墓の脇《わき》の小道を通り抜ける時に、目を閉じて手を合わせた。

尾根を越えて、ゆるやかな下りにさしかかった。地表には、石灰質の岩盤が露出している。樹木の密度が次第に疎《まば》らになり、下生えもシダからイネ科の植物へと移り変わった。

ジャックのペースが速くなった。有賀は岩から岩へ身軽に跳び移りながら、その後を追っていく。小高い丘に駆け上がり、眼下を見下ろすと、西の森の陰に泉の藍色の水面が光っていた。その右手の奥に、牡牛の額のような津波山の山肌がそびえていた。

その辺りから、ジャックは西の谷に向かって下りはじめた。例の泉の方角である。そのまま進めば、おそらく二キロも行かないうちに米軍の演習地内に入ってしまう。だがジャックは、間もなく斜面にある巨大な岩盤の前で足を止めた。周囲の臭いを懸命に嗅《か》ぎ回る。時折顔を上げ、風に耳を欹《そばだ》てる。何かの気配を探っているらしい。有賀は倒木の上に腰を下ろし、しばらく黙ってその様子を眺めていた。

やがて満足したのか、ジャックは有賀の元に歩み寄り、喉《のど》から短い声を出した。いまは安全だ、そう言っているように思えた。有賀はその意を察し、腰を上げた。ジャックは身をひるがえし、岩盤の陰に走って消えた。

ジャックを追っていくと、下生えの中の岩盤に割れ目があった。幅は二メートル程あるが、高さは五〇センチもない。人間一人が、やっとくぐれるくらいの隙間だった。

　割れ目は、地下に深く続いていた。リュックからトーチを取り出し、有賀は中を照らしてみた。だが穴は複雑に曲がりくねっているのか、入口付近の様子しかわからない。

　中からジャックの呼ぶ声が聞こえてきた。

　有賀はザイルを近くの岩に固定し、意を決して割れ目に体を滑り込ませた。

　洞窟の探検は初めてではない。だがいつもながら、自分は二度と地上に戻れないのではないかという不安がつきまとう。ましてやこの穴の中に、竜が棲んでいるかもしれないのだ。その恐怖と戦いながら、有賀は少しずつ手元のザイルを伸ばしていった。

　最初は狭かった穴が、次第に広くなってきた。中腰になっても、頭は天井に届かない。トーチを下に向けてみると、その光の中に有賀を見上げるジャックの顔が浮かび上がる。その辺りで洞窟は、角度が水平になり、大きな部屋のように広がっていた。

　大小さまざまな鍾乳石が、天地から林立していた。有賀はザイルを離し、周囲の様相を眺めた。

見事な鍾乳洞だった。天井までの高さは平均して五メートル以上はある。

涼しさに、急速に汗が引いていく。それでも地上との温度差は、五度くらいだろうか。用意してきた温度計を見ると、気温は二四度あった。

やはり、思ったとおりだ。そしてこの気温は、年間を通してほとんど一定に保たれる。

鍾乳石に気を配りながら、有賀は洞窟の奥へと足を向けた。ジャックもさすがに歩き辛そうに、その後についてくる。洞窟の中に、人が手を加えた痕跡《こんせき》は何もない。おそらくここに立ち入った人間は、有賀が初めてなのだろう。それだけでも貴重な発見だった。

しばらくして、後方でジャックが鼻声を出した。トーチを向けると、ジャックは斜めに突き出した岩の下で、何かの臭いを嗅いでいた。

有賀はそこに歩み寄った。その一角には、岩で滴《しずく》が遮られるためか、ほとんど鍾乳石はない。床の岩盤が不自然に光り、丸いテーブルのようになっていた。

有賀はジャックが興味を示している〝物〟を、手に取ってみた。トーチの光を当てる。岩や石ではないことはすぐにわかった。

軽い。そして柔らかい。大きさは一升瓶程で、芋のような形状をしていた。色が白く、動物の毛のような繊維質の物質を含んでいる。顔を近づけると、不快な臭気が鼻を突いた。

　気をつけて見ると、その岩のテーブルの周りには同じようなものがいくつか落ちていた。その中に、ひとつだけ異質なものがあった。

　トーチの光を近づけてみる。その〝物〟にもやはり繊維質が含まれているが、動物の毛ではなかった。まるで古布を絞り上げ、乾かしたもののように見えた。有賀は腰からハンティング・ナイフを抜き、それをほぐしてみた。

　中から白い粉がこぼれた。それは石灰質の粉ではなく、それよりも肌理《きめ》の粗《あら》い、骨を砕いたような物質だった。そして強い酸に侵されたような真鍮《しんちゅう》製のボタンと、ジッパーの歯のような細かい金属片が含まれていた。

　背筋に悪寒が走った。

　それはおそらく、失踪した米兵ベン・ライルの変わり果てた姿だった。泉で竜に食われ、消化されて、そして排泄《はいせつ》された残骸《ざんがい》だ。

　有賀はその場に脆《ひざまず》いた。リュックからビニール袋を取り出し、注意深くそれを包んだ。ジャックが脇に身を寄せ、有賀を見守っていた。

　この鍾乳洞を、竜が棲み家にしていることは間違いなかった。だがもうひとつ、この洞窟の出入口の数だけは調べておかなければならない。地上に戻るのはそれからだ。

有賀はベン・ライルの亡骸《なきがら》を納めたリュックを背負った。なさけないほどに、軽かった。その現実が、かえって心に重くのしかかってきた。

鍾乳洞は、さらに闇の奥へと広がっていた。有賀はリュックから釣り糸を取り出し、手頃な鍾乳石に結び、それを伸ばしながら進んだ。道標だ。こうしておけば迷うことはない。

道は狭くなり、また広くなって、延々と地底へと下っていた。岩盤や巨大な鍾乳石が行手をはばみ、複雑に分岐を繰り返す。

ひとつのルートが行き止まりになると、少し戻り、他のルートを進んだ。腹這《はらば》いになり、有賀の体がやっと通り抜けられる狭い場所もあった。だがそこを抜けると、家を建てられるほどの広大な空間が広がった。何億年もの時の流れの中で、岩から染み出る地下水が作りあげた自然の芸術が、次々と有賀の視界に現れては消えた。

しばらくして、突然進めなくなった。足元が、切り立った崖《がけ》のように消えてしまっていた。トーチの光を向けると、五メートル程下に地下水の暗い水面が見えた。下りられないことはないが、ザイルは入口に残してきているので、登るのは難しい。

二〇〇ヤード用意してきた釣り糸も、すでに尽きようとしていた。有賀はここで戻ることにした。

地上からの光は、どこからも漏れてこない。入口はおそらく一カ所だけなのだろう。だとすれば長居は無用だ。鍾乳洞を出る前に竜が帰ってくると、厄介なことになる。

有賀は釣り糸をたぐりながら、来た道を戻りはじめた。帰りは来る時とは逆に上りになる。だがルートを探さないですむ分だけ楽だった。

鍾乳洞に入ってから、すでに二時間近くが経過していた。野戦服は、石灰質を含んだ地下水を吸って重くなっていた。寒くはない。だが一刻も早く太陽の光を見たかった。

その時、先行するジャックの動きが急に止まった。鍾乳石に囲まれた狭い通路だった。ジャックが止まっていると、有賀も進めなくなる。

「どうしたジャック」

有賀はジャックの尻を押した。だがジャックは、根が生えたように動かない。

ジャックが低く唸っている。耳を立て、神経を集中し、闇の中の一点を凝視していた。
前方に何かの気配を感じた。有賀は右手のトーチの光をその方向に向けた。
光の中に、長い首の上に載った、竜の頭部が浮かび上がった。
有賀は息を呑んだ。ガラス玉のような冷たい双眸《そうぼう》が光っていた。
竜が、ゆっくりと動きだした。

第六章　闇の宴

1

　フランク・ガードナーは、鏡を見て顔をしかめた。

右肩の、赤黒く変色した傷口から、腐肉のような異臭が漂ってくる。

ハブの毒は出血毒だ。たとえ一命は取りとめても、毒に侵された傷口の細胞が死んで壊疽《えそ》を起こす。傷口は年月と共に徐々に小さくはなるが、その痕跡《こんせき》は生涯消えることはない。

　他人には悟られないようにはしているが、強い疼痛《とうつう》もあった。痛みには強い体質だが、どうしても鎮痛剤や酒に頼らざるを得なくなっている。それでも夜は、思うように眠れない。

　フランクの部屋は、日本流に言うなら八畳一間のワン・ルームだった。キッチンにベッド、そして申し訳程度の家具とテレビがあるだけだ。窓も小さく、日中もほとんど日が射し込まない。ウイスキーを片手に、終日この狭い空間に閉じ籠《こも》っていると、まるで傷を負った野生動物のような気分になってくる。

フランクは傷口に粉末の抗生物質を散布すると、その上に新しいガーゼを被せた。テープでそれを固定し、馴《な》れた手付きで包帯を巻いていく。コリンがベッドの上に座り、その様子を見守っていた。

「痛むのか」

コリンが訊《き》いた。

「いや、たいしたことはない。任務中の事故ってことが認められていくらでも公休は取れるしな。結構な身分さ。それよりどうしたんだ。こんな朝っぱらから」

フランクはTシャツを着ると、コリンの横に腰を下ろした。

「ミラー大尉と連絡が取りたい。早急にだ」

「できればおれだってそうしたいさ。しかし、前にも言ったろう。奴は本国に帰っちまったんだよ。しかも誰も落ち着き先を知らない。無理だよ」

「前に写真を見せたろう。アサジ・リバーで撮った米兵が三人ボートに乗ってるやつだ。あの中の一人を知ってるって言ってたよな」

「勘弁してくれ。奴はマリーンの少佐だぜ。まさかぶん殴って吐かせるわけにはいかないだろう。おれにだって立場がある。しかし、何をそんなに焦ってるんだ。昨夜はそんな話、出なかったじゃないか」

「今朝、ユウジロウが部屋からいなくなった。どうも一人でクチフラチャを捕まえに行ったらしい。もしおれの予想が当たってるとしたら、奴の命が危ない」

「なんてこった。例のヤマトダマシイってやつか」

「そうじゃないな。奴にとっては、単なるゲームなんだよ。そういう男なんだ。しかし今回のゲームは、リスクが大きすぎる」

「まともじゃないな」

「確かにな。しかしいま、奴に死なれると困るんだ。おれが日本の雑誌社でやった仕事のギャラは、奴の銀行口座に振り込まれるんだよ。もし奴が死ぬと、全部奴の遺産になっちまう」

「そいつは確かに深刻だな……」

フランクはしばらく考えこんだ。サイドテーブルの上のチョコバーを手に取り、パッケージを破ってかじる。そのままぼんやりと天井を見上げた。これがものを考える時の、フランクの癖だった。

やがて、おもむろに口を開いた。

「ひとつだけ、心当たりがある」

「本当か？」

「ああ。いま思い出したんだが、ミラー大尉には〝オンナ〟がいたんだ。彼女なら、何かを知ってるかもしれない」

「会えるか？」

「この街に住んでるよ。フィリピン人のダンサーさ。秘密っていうのは常に女から漏れるものだ。もしかしたら、うまくいくかもしれないぜ」

フランクは残ったチョコバーを口に押し込むと、ベッドから立ち上がった。

マリー・サムワンは金武町の外れにある古いアパートに住んでいた。フランクと同じくらいの広さの和室に、ダンサーやホステス仲間五人と同居している。フランクとコリンが訪ねた時に、彼女たちはちょうど遅い朝食をとっていた。

沖縄に住む東南アジア系の女たちは、米兵をほとんど警戒しない。それがたとえMPであれ、日本の警察のように不法就労を追及されることはないからだ。むしろ米兵が自分の住まいを訪ねてくれることは、仲間たちに対するステータスにすらなる。

フランクは以前に何回か、ステージに立つマリーを目にしたことがあった。セクシーな体をした、妖艶《ようえん》な女だった。だが、化粧もせず、普段着を着ている姿を見るのは初めてだった。目の前に立つマリーは、思っていたよりも小柄で、まるで別人のようだった。その笑顔には長年の苦労と荒れた生活がきざみ込まれ、スポットライトを浴びた時の華やかさは感じられなかった。

マリーもまた、ミラー大尉の行方を知らなかった。だが、三日前に届いたばかりだという一通の手紙を持っていた。それを自慢げに、フランクとコリンに見せた。

とりとめもない手紙だった。

愛しているとか、君に早く会いたいとか、訳あってしばらくは沖縄に戻れないとか、月並みな言葉が羅列《られつ》してあるにすぎなかった。過去における度重なる戦略の折り、その占領地で知り合った女に対し、米兵たちはどれほどこの手合いの手紙を書き記したのだろうか。そしてその中には、常に何枚かのドル紙幣が同封されている。その額が唯一、女に対する良心と愛情の規準となる。だがマリーは、いつの日かミラー大尉がオキナワに戻ってくることを信じて疑わなかった。

手紙には、住所は記されていなかった。ミラー大尉の警戒心のなせる業《わざ》なのか。それとも現地の女には本国の住所は知らせないという、過去のアメリカ兵の習慣を踏襲《とうしゅう》したにすぎないのか。いずれにせよ米兵を信じる女が哀れだった。

フランクとコリンは、手紙を見せてくれた礼として二〇ドル札をマリーに手渡し、アパートを後にした。

「結局だめだったな。手掛かりはなしか……」

白昼《はくちゅう》の森閑《しんかん》とするバー・ストリートを歩きながら、フランクが言った。

「いや、そんなことはない。切手にスタンプがあった。アラスカのパーマーの局だ。それほど大きな町じゃない。その気になれば探すことはできる」

「それほどまでして何を知りたいんだ？」

「クチフラチャの大きさと、数さ」

「正体は？　奴なら知ってるはずだぜ」

「それはもうわかってる」

「何だって？」

フランクが立ち止まった。

「レティクラータスだよ。研究用に、誰かがインドシナから持ち帰ったのさ。それが逃げたか、ミラー大尉が捨てたのか、そんなところだろうな」

「レティク……。何だ、そりゃあ？」

「ボアの一種さ。世界最大のな。ベトナム戦争当時は、米兵にも被害が出ていたという記録がある……」

強風が巻き、路上の砂塵《さじん》が舞った。沖縄にまた台風が近づいていた。

2

その頃《ころ》、有賀は地底の闇《やみ》の中にいた。

唸《うな》り声を上げるジャックを左手で押さえ、トーチの光芒《こうぼう》の中に浮き上がる鍾乳石《しょうにゅうせき》の狭間《はざま》を凝視していた。その視界の彼方《かなた》で、巨大な竜が蠢《うごめ》いている。

いや、竜ではない。その正体はすでに明らかになっていた。学名パイソン・レティクラータス。和名アミメニシキヘビ。インドシナから東南アジアにかけて広く分布する、世界最大の大蛇である。

その全長は成体で六メートル前後、稀《まれ》に一〇メートルを超えることもある。以前、沖縄の玉泉洞ハブ博物公園にも、その程度のものが飼われていた。性格は極めて凶暴かつ攻撃的で、南米のアナコンダと共に最も危険な種であるとされる。棲息《せいそく》地では、人間に対する被害も多い。農村地や山岳地で住民が行方不明になる原因の大半が、このアミメニシキヘビによるものであるとする説もある。

かつて失踪《しっそう》したベン・ライルが撮った不鮮明な写真。そして次々と家畜や人間を襲う大胆な食性。その二つの要素から、有賀がまず頭に思い浮かべたのがこの種の大蛇だった。

だがその可能性は、動物学者であるコリンによって否定された。理由は今回の事件の発端《ほったん》でもある家畜に対する被害が、一年以上も前から起きていたからだ。大蛇は、そのほとんどが熱帯に棲息する。亜熱帯とはいえ、冬には気温一〇度以下になる沖縄では、大蛇が生きていくのは難しい。

確かに大型の爬虫類《はちゅうるい》は、時に一年以上も餌《えさ》を食わずに生きていることもある。だからといって、冬眠が可能なわけではない。熱帯に棲息する種族には、その遺伝子の中に、冬に適応するという要素が記憶されていないのだ。

アミメニシキヘビの場合、成体でも気温二〇度が命を維持する限界であるとされている。それ以下になると、消化能力を急激に失い、食べたものが体内で腐敗する。そして数日以内に死亡する。もしくは活動途中で体が動かなくなり、凍死することもある。

いずれにせよ、越冬することは不可能なのだ。つまり、今回の事件の原因が大蛇であることは有り得ない。それがコリンの説の根拠であった。

その後、有賀とコリンの調査は混迷をきわめた。さまざまな情報や事実に惑わされ、試行錯誤を繰り返した。中でも多くの謎を投げかけたのが、失踪した金城老人の残した「宮古上布を纏《まと》っていた」という一言だった。

だがその言葉が、事件のすべての鍵《かぎ》を握っていた。纏っていた、という言葉の意味は、その動物の肌の質感や色彩が、宮古上布に似ていたのではないか。有賀は単純にそう考えてみたのだ。

実際に宮古上布を目の当たりにしてみると、老人の観察力がいかに優れていたかがわかった。宮古上布の光沢のある質感。亀甲《きっこう》形の紋様。そして反物を長く伸ばした時の形状。すべてがアミメニシキヘビを指し示していることは、疑う余地がなかった。

それでもまだ、謎のすべてが解明されたわけではなかった。もしアミメニシキヘビが事件の真相であったとするならば、なぜ冬を越して生きていられたのか。理論的には、考えられないことなのだ。

その秘密が、鍾乳洞というキーワードに隠されていた。

地底の洞窟《どうくつ》は、外気の温度の影響をほとんど受けない。一年を通じて、四季にかかわることなく気温はほぼ一定に保たれる。

しかも沖縄の鍾乳洞は、本土のそれよりも気温は高い。平均して二二度から二四度はある。それだけの温度があれば、熱帯に棲息するアミメニシキヘビが生きていくことは十分に可能だ。

さらに沖縄は、珊瑚礁《さんごしょう》の島だ。地質には、石灰質が多量に含まれている。考えるまでもなく、鍾乳洞を形成する要素に恵まれている。

事実、沖縄本島には観光名所として知られる玉泉洞をはじめ、多くの鍾乳洞が存在する。金武町にある日秀洞（権現宮）もそのひとつだ。そしてその大半は、現代においても発見されることなく地底に眠り続けている。そのひとつが安佐次にあったとしても、特に不思議なことではない。もしそれを発見できれば、アミメニシキヘビの存在をも証明することができる。有賀はそう考えたのである。

もしアミメニシキヘビが一連の事件の原因であるとするならば、すべての謎を解き明かすことが可能になる。失踪した二人の人間、そして消えた多くの家畜の死体すら発見されなかったのは、やはり丸呑《の》みにされていたからに他ならない。

事実いま、有賀のリュックの中には、変わりはてたベン・ライルの亡骸《なきがら》が納まっている。

体重七〇キロの牡山羊が死体となって発見されたのは、アミメニシキヘビに締め殺されたのだ。だがその大きさと角が生えていたために、呑み込むことができなかった。それで、その場に放置した。これはあらゆるヘビに多く見られる習性である。

失踪した金城老人は、密室の状態から姿を消していた。これもいまとなっては謎とはいえなくなった。

以前、金城家では猫を飼っていたことがあった。その猫も、一年前に姿を消している。だが戻ってきた時のために、玄関の戸の足元に作られた出入口はそのまま残されていた。

大きさは約二五センチ四方で、上から蝶番《ちょうつがい》で固定されたベニヤ板が下げられていた。人間や家畜を丸呑みにする大きな動物が、まさかこのような出入口から侵入するとは誰も考えない。その錯覚が、密室の正体であった。大蛇ならば、小柄な老人を腹の中に納めてもなお、この程度の間口を簡単に行き来することができる。

有賀の想像は、すべて的を射ていたのだ。現に有賀は、安佐次の山中に鍾乳洞を発見した。そしていま、全長一〇メートルはあろうかという大蛇が目の前にいる。だがいまは、自分の推理が正しかったことに満足している余裕はなかった。

目の前に、大蛇が迫っていた——。

ガラス玉のような目を光らせ、時おり舌を出して気配を探りながら、少しずつ有賀との距離を詰めてくる。

有賀は右手のトーチを鍾乳石に立て掛けると、ジャケットのポケットの中からカメラを取り出した。ストロボのスイッチを入れ、レンズの距離を合わせた。今朝、廃屋から持ち出してきた永子のHD—Mである。かつてベン・ライルが、死の直前まで手にしていたカメラと同一のものだ。

ストロボが充電するのを待って、カメラを大蛇に向けた。距離はすでに五メートルほどしかない。

シャッターを押した。

ストロボが光った。

闇の中で突然強い発光を受け、大蛇の動きが一瞬止まった。

「逃げろ、ジャック」

有賀はトーチを摑《つか》むと、体を反転させた。狭い鍾乳石の間を、両手をつき、懸命に這《は》って逃げた。ジャックも後方の大蛇を威嚇《いかく》しながら、有賀と共に走った。

有賀とジャックは、洞窟の奥へと向かった。入口とは逆の方向だった。それがどれほど危険なことかはわかっていた。だが、いまは他に為す術はなかった。

やがて断崖《だんがい》に出た。先程、有賀が引き返した場所だ。下から地下水の流れる音が聞こえてくる。

有賀は振り返り、後方にトーチの光を向けた。大蛇の姿が目前に迫っていた。

長い首が、鞭《むち》のようにしなった。

頭上から、凶暴な一撃が振り下ろされた。

その横から、牙《きば》をむいてジャックが飛びかかった。

有賀は後方にのけぞり、足を滑らせた。

体が宙に浮いた。

幾度となく岩に叩《たた》きつけられながら、闇の底へと吸い込まれていく。

薄れゆく意識の中で、大蛇と戦うジャックの声だけが響いていた。

3

米アラスカ州パーマー――。
郊外にある荒涼とした飛行場に、この冬、何度目かの小雪が降っていた。空は重い雲に覆われている。その雲間に、ビーバー（軽飛行機）の小さな機影が姿を現した。

　ビーバーは上空でエンジンの回転を絞ると、機体をゆすりながら下降をはじめた。やがてフロートから出された車輪が滑走路に接地すると、そこで何回かバウンドを繰り返して速度を落とした。そのまま管制塔のある小さな建物に近づき、薄く雪を被った何機かのビーバーの中に翼を休めた。

　ドアが開き、サム・ブラニガンが降り立った。吐く息が白い。サムはダウン・パーカのジッパーを首まで上げると、大きな体の背を丸めて建物へと向かった。

　中に入ると、薪ストーブの熱気が心地良く顔を撫《な》でた。閑散とした室内に、古い計器類が並んでいる。年老いた管制塔員がただ一人、コーヒーを片手にその前に座っていた。

　サムはストーブの上に、冷え切った両手をかざした。

「町は近いのか?」

　手をこすりながら、サムが訊いた。

「丘の向こう側だ。半マイルくらいかな。宿と酒場とガソリンスタンドと、他には雑貨屋があるだけの小さな町だがね」

「郵便局もそこかな。パーマーの、セモニー地区局だ」

「ああ、そうだ。ガソリンスタンドのとなりだよ。もし誰もいなかったら雑貨屋に行けばいい。そこの親爺《おやじ》が局長も兼ねている」

サムは老人に五ドルの飛行場使用料を支払うと、歩いて町に向かった。

トーマス・ミラー大尉の居所はすぐにわかった。セモニー局は、管轄内に一四〇軒の家があるだけの小さな局区だった。その中にミラーという名の家は、半月ほど前に移り住んできた一軒だけだ。

パーマーから五マイルほど北に向かった街道沿いで、古いドライブインを買い取って住んでいた。サムは酒場で若いイヌイットの男を雇い、七二年式のプリムスのセダンでそのドライブインに向かった。

ドライブインはまだ営業していなかった。サムはイヌイットの男を外で待たせ、玄関のドアを叩いた。ミラー大尉は遅い朝食を終え、傷んだ建物の修理をしているところだった。

「若い頃からドライブインをやるのが夢でね。カタログで出物を見つけて、買い取って引っ越してきた。そうしたら、このざまさ。すぐに営業できるどころか、今年の冬を凍死しないで過ごすだけでせいいっぱいだよ」

ミラー大尉が窓枠にペンキを塗りながら言った。年齢はサムと同じくらいだろうか。四〇を少し超えているように見える。

「この店をやっていくつもりなのか」

サムが訊いた。

「どうだろうな。ハンバーガーくらいは焼けるつもりだったんだがね。しかし今朝作ったベーコン・エッグを試食してみた限りじゃ、売り物になりそうもなかった。軍隊上がりは、何をやってもだめだ」

「おれもマリーンだった。ナムにも行ったたし、オキナワに居たこともある」

サムが言った。

「そうかい。お仲間ってわけか。それにしても、よくここがわかったたな」

「女に手紙を出したろう。その消印が、ここの局のものだった」

「そうか……。まあ、女に押しかけられるよりましかな。それで、何を訊きにきたんだ」

「あんたが逃がしたレティクラータスの数と、大きさだよ。知りたいのはそれだけだ」

ミラー大尉は、しばらく無言で刷毛《はけ》を持つ手を動かしていた。だが手を休め、ラッキーストライクに火をつけると、徐《おもむろ》に口を開いた。

「九メートルのが一匹と、五メートルのが一匹。小さい方は、九月に仲間が射殺したらしい」

「なぜ殺さないで逃がしたんだ?」

「基地で一〇年以上も飼ってたんだぜ。殺せるわけがないだろう。おれの唯一《ゆいいつ》の家族だったんだ。湾岸戦争で五カ月も基地を留守にすることがなければ、いまでも飼っていたよ」

「おれもこの夏まで、牝のグリズリーを一頭飼っていた。そいつがある時逃げだしてね」

「ほう……。それで?」

「山に追っていって、射殺したよ。仲間といっしょにな」

「残酷だ。動物に罪はない」

「人間が殺されるよりましだろう。その時の仲間が、いまオキナワにいる。あんたの可愛いペットと命がけで戦ってるんだ」

　サムは踵《きびす》を返した。

　外に出ると、小雪まじりの冷たい風が肌を刺した。サムは背を丸め、エクゾーストから白い煙を吐きながら待つプリムスに向かって歩いていった。

フランク・ガードナーの部屋の電話が鳴ったのは、深夜の一時を回った頃だった。受話器を取り、それがアラスカからの国際電話であることを確かめ、コリンに代わった。

コリンは先方の言葉に何度か頷《うなず》き、舌を鳴らし、月並みな挨拶《あいさつ》の後で電話を切った。

「ミラー大尉は見つかったのか?」

そう言って、フランクはグラスの中のジャックダニエルを口に含んだ。

「ああ。パーマーの郊外にドライブインを買い取って住んでいるらしい」

「なるほど。退役軍人の人生なんてどうせその程度だろうな。牧場を持てるわけがない。それで、数は何匹なんだ?」

「二匹だ。しかし一匹は軍の奴らが始末した。おそらくアサジ・リバーにいた例の三人組だろう」

「残った方の大きさは?」

「九メートルだそうだ」

「怪物だな……」

コリンは、その大きさを頭の中に思い描いてみた。五メートル前後のものは、何回か東南アジアなどで目にしたことがあった。それでも人間が素手で戦えるような代物《しろもの》ではなかった。

九メートルといえば、その倍だ。体重や力は、単純計算でも八倍になる。フランクが言ったとおり、まさに怪物だ。

「銃が必要だな。なんとかならないか？」

コリンが言った。

「いくらおれがマリーンの兵隊でも、それは無理だ。基地から銃を持ち出せば、軍法会議ものだ」

確かにそのとおりだ。いくら日本が米国の植民地然としているとはいっても、軍の銃器が民間に流れれば国際問題にもなりかねない。フランクの首が飛ぶくらいではすまされないだろう。

ならば、どのようにして戦えばよいのか。しかもその場所は、おそらく人間にとって不利な、狭い鍾乳洞の中になる。そしてその鍾乳洞の位置さえ、いまはわからないのだ。

結局は有賀の帰りを待つしかないのか。もし有賀が戻れば、永子から連絡が入ることになっている。

だが電話のベルは、夜が明けても鳴ることはなかった。

4

有賀は寒さを感じて目を覚ました。

どうやらしばらくの間、気を失っていたらしい。頭を打ったのか、耳の裏あたりがひどく痛んだ。

目を開くと、一点の光もない闇だった。何も見えない。体を起こすと、野戦服の中から大量の水がこぼれ出した。その時初めて、有賀は自分が浅い水の中に横たわっていたことに気がついた。

近くにジャックの気配があった。手を伸ばして辺りを探る。名を呼ぶと、有賀の腕の中にジャックが体をすり寄せてきた。

口に何かを銜《くわ》えている。それがトーチであるとわかるまでに、それほど時間はかからなかった。

手に取って確かめてみると、スイッチが入ったままになっていた。だが光は発していない。

軍払い下げのMX991／U型は、完全防水だ。長時間水の中に浸かっていても、壊れることはない。おそらくバッテリーが切れたのだろう。

有賀はリュックを背から降ろし、中から予備のバッテリーを取り出した。これも水に濡《ぬ》れてしまっている。だがトーチの中のバッテリーと交換すると、力強い光が辺りを照らし出した。ジャックが喉の奥から弾むような声を放った。

光の中で、ジャックが尾を振っている。だが、どことなく様子がおかしい。どうやら右の前肢を痛めたようだ。

有賀はジャックの体に注意深く触れ、その他に異状がないかを確かめた。胸を押さえると、ジャックが苦痛の声を上げた。肋骨《ろっこつ》も何本か折れている。

だが辺りには添え木になるようなものは何も落ちていない。仕方なく有賀は腰からガーバーのハンティング・ナイフを抜き、リュックをばらした。そのアルミのフレームと布を使い、ジャックの前肢を固定する。残った布を胸に巻き、紐《ひも》で強く縛り上げ、コルセットを作ってやった。

有賀が崖《がけ》から落ちる瞬間、大蛇に躍りかかったジャックの姿が頭に焼き付いていた。おそらくその時に負傷したのだろう。

ジャックは雑種だが、その体の中にはさまざまな日本犬の血が強く流れている。日本犬の猟犬は、洋犬のそれと異なり、山で猪《いのしし》や熊と戦っても滅多にやられない。動きが速く、独特の間合《まあい》を保ち、相手の動きを封じる術《すべ》を心得ているからだ。大蛇の手こずる様が、目に見えるようだった。

その大蛇の姿もいまはない。ただ有賀とジャックの呼吸音が、この地底の空間にある唯一の生の気配だった。

いや、そうではなかった。目が馴れてくると、さまざまなものが見えはじめた。有賀の立つ水の中には、何匹かのテナガエビの一種が群れていた。トーチの光を向けると、その小さな動物は見たこともない強い光に戸惑い、先を争って深場へと姿を消した。巨大な鍾乳石の合間には、時おりトゲネズミの影が走るのが見えた。

この地底の世界にも、生きる者がいる。命の葛藤《かっとう》が繰り返されている。ここで生まれ、一度も陽光を目にすることなく、死んでいく数々の微小な命が存在する。有賀はそれらの姿の中に、これからの自分の運命を重ね合わせていた。

周囲には、見覚えのない風景が広がっていた。有賀が落ちた崖も見当たらない。ただ広大な石灰岩の空間が、無数の鍾乳石で迷路のように区切られ、底に静かな地下水の水面が広がっているだけだ。

水に落ちて、気を失い、そのまま流されてきたのだろうか。それにしては、水はほとんど動いていない。それともジャックが運んできたのだろうか。いずれにしても有賀は、まったく方向感覚を失っていた。

有賀はCレーション（野戦食）など必要なものだけをポケットにしまい、トーチの光の中を歩き出した。この光が、あと何時間もつのだろうか。いまはそれが最も気がかりだった。

有賀はかすかな地下水の流れを読み、上流へと向かった。ジャックが前肢を持ち上げたまま、その後を追っていく。だが道は間もなく岩盤によって行く手を阻《はば》まれた。

岩盤の割れ目から、水が染み出していた。割れ目は深く、どこまでも続いているように見えるが、人間が入っていけるほど大きくはなかった。有賀は逆に下流へと向かった。だが元の場所に戻るはずの道が、いつの間にかまったく違う方向に進んでいた。

歩き出してしばらくすると、有賀はこの鍾乳洞を脱出することが想像以上に難しいことを察した。広大な空間に上下左右、しかも立体的に、さまざまなルートが網の目のように交錯していた。

方向、距離、高低、すべてがわからなくなる。ともかく上に向かわなければ、地上には出られない。試しに地下水を離れ、一本のルートを登ってみても、それがいつの間にか下りはじめる。そして二度と登れなくなる。意志とは逆に、下へ下へと向かっているようだ。

有賀は次第に焦りを感じはじめていた。

途中で多少広くなっている空間を見つけ、そこで休んだ。Cレーションをひとつ開け、それをジャックと分け合った。残りはあと二食分だ。これだけの食料でどの程度もつかは疑問だが、自分だけで食べる気にはならなかった。

食事の間は、トーチを消しておく。新しいバッテリーに交換してから、すでに二時間近くが経過していた。光は最初よりも少し弱くなっているような気がする。バッテリーを無駄に使うわけにはいかない。

闇の中で、腕のダイバーズ・ウォッチの文字盤だけが光っていた。針は六時を指している。日付が変わっているところを見ると、朝なのだろうか。だとすれば有賀がこの洞窟に入ってから、すでに二〇時間近くが経過していることになる。

〝奴〟はどうしているのだろうか。こうして休んでいる間にも、どこかでこちらの様子を窺《うかが》っているのだろうか。いや、そんなことはない。もし近くにいるのなら、ジャックが反応を示すはずだ。

有賀は神経が過敏になっていた。だが、大蛇の存在に対する恐怖はなかった。むしろ脅威なのは、この底知れぬ鍾乳洞の迷路そのものだった。

ジャックが食べ終えるのを待って、有賀は立った。トーチのスイッチを入れると、まるで虎の牙《きば》のように林立する鍾乳石がその光の中に浮かび上がった。

はたして外に出ることができるのか。それとも虎の腹に落ちるのか。ともかくいまは、先に進むことが生き残るための唯一の方法だった。

5

日本には、多くの伝記伝承が残されている。

そのほとんどは長い年月の流れの中で誇張され、もしくは混雑を繰り返して形を変えながらも現在に語り継がれている。

それらの民話、もしくは神話は、まったくの作り話として安易に解釈されるのが常である。現代の科学や常識にあてはめてみても、理解や証明がまったく不可能なほど突飛《とっぴ》な内容が多いことがその理由であろう。だが、まったく事実無根の作り話を、人々が何代にもわたって大切に語り継ぐというようなことが実際に有り得るだろうか。例えば因幡《いなば》の白兎《しろうさぎ》や八岐大蛇《やまたのおろち》の伝説にしても、過去に起きた史実を物語る実話と考えることが、むしろ自然なのではなかろうか。

もちろん個々の伝説から、過去に起きた史実を導き出すことは難しい。どれだけ綿密な調査のもとに理論や想像力を駆使しても、単なる推論の域を脱することは不可能である。

だが逆に、現在に起こり得る数々の事実の中に、伝説として残る過去の史実を知る重要なヒントが隠されていることもある。我々現代人は、それに気づかずに見過ごしているにすぎないのかもしれない。

一〇月二日、有賀雄二郎は宮古上布を見るために那覇に出向いた。そこで今回の事件にかかわる動物の正体を知り、帰りに金武町の観音寺に立ち寄って自らの考えが正しいことを確認した。大蛇と、鍾乳洞を結びつけたのである。そしてその時、有賀は観音寺の住職から、寺の建立者である日秀上人にまつわる興味深い伝説を聞いた。

日秀上人は実在の人物である。一四九五年に生まれ、紀州《きしゆう》(今の和歌山)の真言宗新義派智積院の住職を務めた。一五二二年に波之上《なみのうえ》の護国寺《ごこくじ》に弥陀、薬師、観音の三像を奉安し、また那覇の湧田《わくた》に地蔵六像を安置した人物として知られる。その後再度日本本土に渡り、一五七七年、三光院で入寂《にゅうじゃく》した。

日秀上人が沖縄に初めて渡ったのは、永正《えいしょう》年間（一五〇四年～一五二一年）のことである。ある日、紀州から唐《とう》に向かう一隻の船が荒天で難破し、金武町に近い浜に打ち上げられた。その船中に倒れていたのが日秀上人であった。

上人はその後、発見者の並里《なみざと》に住む若者によって手当てを受け、命を助けられた。元気を取り戻した上人が、船が打ち上げられた浜に名づけたといわれる〝ホコライヤミナト（福花港）〟の地名や、若者に川の名を取って授けた〝ヒジャガー（比嘉）〟という名字はいまも残されている。

おそらくこのあたりまでは、ほぼ史実であろう。当時の記録と照らし合わせてみても、事実関係はほぼ一致する。多少の年代の誤差や脚色は加えられているにせよ、すべてを否定する根拠は存在しない。だが興味深いのは、むしろ日秀上人のその後の伝説である。上人の沖縄に至るまでの物語が釈然としているのに対し、金武町で観音寺を建立するまでの件《くだ》りはあまりにも稚拙《ちせつ》な作り話然としたものになってしまう。

ここに簡単にその内容を記してみよう。

当時、金武の村の洞窟（現・観音寺の日秀洞）に一匹の大蛇が棲《す》みついていた。この大蛇は人間、特に若い娘の生肝《いきぎも》を常食としていた。月夜の晩になると大蛇は美青年に姿を変え、美しい声を出して娘を誘い出し、それを食った。そのために村は長年栄えることもなく、娘のいる家では常に恐怖と悲しみにさらされ続けてきた。

これに心を痛めた上人は、自ら洞窟に出向き、その前で経を読んで大蛇を中に封じ込めた。そして洞窟の前に寺を建立したのが、観音寺の起源だと伝えられている。

以上が観音寺の建立にまつわる日秀上人の伝説である。大蛇が次々と村の娘を食う。それを偉い上人が退治する。どこにでもあるような、御伽噺《おとぎばなし》的な伝承である。いくらその前後の物語のつじつまが合っていたとしても、大蛇が存在したとは誰も信じないだろう。

大蛇とはあらゆる災いの単なる象徴にすぎないのではないか。もしくは当時から村人にとって脅威であったハブを、いたずらに過大偶像化したにすぎないのではないか。一般にはそのように解釈されている。

だが不思議なことにどの文献を調べてみても、大蛇が毒を持っていたとは記されていない。つまり、ハブではない。もしこの伝説の大蛇が想像の産物であるとしたら、そしてもしもその発想の根底にハブの存在があったとしたら、毒を持っていた方が自然だ。

有賀は初めてこの伝説を耳にした時から、すでにその矛盾が心に引っ掛かっていた。単なる作り話ではなく、その話の中に隠された史実があるのではないかと考えた。なぜなら日秀上人の伝説は、今回の一連の事件とあまりにも共通点が多いからだ。大蛇と鍾乳洞の関係。そして若い娘ばかりが襲われたという事実に至るまで——。

当時の沖縄は、東南アジアを始めとする他国との貿易が盛んだった。布や木材、さまざまな工芸品などが、船によって持ち込まれていた。

その中に、三線（蛇皮線）を作るためのニシキヘビの皮もあった。三線に使えるような大きな蛇皮は、当時から沖縄では手に入りにくかった。そのために現在と同様、材料の入手はほとんどインドネシアなど東南アジアからの輸入品に頼っていた。

もし加工された皮が輸入されていたのだとしたら、時には生きている大蛇が輸入されても不思議はない。そう考えれば日秀上人の伝説を事実として証明できるだけでなく、当時の貿易の様子を知るうえでも貴重な証拠となる。

大蛇は存在したのかもしれない。もし東南アジアから輸入されたニシキヘビが何かの理由によって逃げ出せば、冬は寒さから身を守るために、金武の鍾乳洞を棲み家としたことは容易に想像できる。

体格の良い成人男子は襲われずに、小柄な女性ばかりに被害が集中したこともうなずける。それに女性は洗濯などの家事のために、ニシキヘビの好む水場に近づく機会も多かった。そしてある日、日秀上人がその事件の真相に気づき、鍾乳洞に潜む大蛇を退治した。そう考えれば、すべてつじつまが合ってくる。

有賀は迷い込んだ鍾乳洞の中で闇を見つめながら、日秀上人のことを考え続けていた。過去に起きた事件が、四〇〇年以上もの時を経たいま、繰り返されているのだ。もし今回の事件に巻き込まれなければ、有賀が日秀上人の民話に興味を持つこともなかっただろう。いや知ることさえできなかったかもしれない。そう考えると面白い。

闇の中に、日秀上人の顔が浮かび上がる。実際に自分の前に上人が存在するかのような錯覚がある。その時、日秀上人は、いまの有賀と同じように鍾乳洞の闇の中で、大蛇を目の前にして何を考えていたのだろうか。どのように行動し、いかにして敵と対したのだろうか。

ひとつだけ確かなことは、自分は日秀上人にはなれなかったということだ。そして結末は、まったく異なるものになる。皮肉なことに、鍾乳洞に閉じ込められるのは大蛇ではなく、有賀自身ということになりそうだった。

鍾乳洞に足を踏み入れてから、三日が過ぎた。三食分用意したCレーションは、すでに食べつくしていた。トーチのバッテリーも、かなり前に切れている。いま、有賀の視界の中にあるものは、無情に時を刻み続けるダイバーズ・ウォッチの青白い文字盤だけだ。

深く、重い闇だけが広がっていた。その闇の中で、有賀はまったく動くことができなかった。

空間の感覚が消えうせていた。

狭い洞窟が、とてつもなく広大な宇宙のように思えてくる。その中央に高い塔があり、頂点のわずかなスペースに自分が座っている。そこから一歩でも動けば、奈落の底まで落ちていくような恐怖感があった。

ジャックだけが、執拗《しつよう》に行動していた。まったく闇を苦にしないかのように、走り回っている。有賀の元を離れ、しばらくすると戻ってくる。そして有賀の無事を確認すると、また闇の中に走り去る。

人間の五感は頼りない。視力を失えば、すべての感覚が役に立たなくなる。時がたてば馴れるとはいっても、一日や二日でどうにかなるものではない。

だが犬は別だ。短時間の内に闇に馴れ、失った視力を補う能力を持っている。しばらくしてジャックが有賀の元に帰ってきた。足音、呼吸音、そして体に触れる体温でそれがわかった。

有賀はジャックの体を腕で抱えた。肌を伝わってくる温もりが、懐かしいほどの安心感を与えてくれる。ジャックの体に触れていると、失った五感を少しは取り戻せたように思えてくる。

ジャックが低い声を出した。

何かを訴えるような声だった。

有賀の上着の袖口を嚙《か》むと、どこかに誘うように力をこめる。それまでと、どことなく様子が違っていた。

「どうしたんだ、ジャック。何か見つけたのか……」

有賀のその言葉を解したように、ジャックがまた声を出した。

ジャックが、一段と強い力で袖を引いた。どうやら有賀をどこかに連れていこうとしているらしい。だが袖を引かれながらでは、この複雑に入り組んだ鍾乳洞の中を進むことは不可能だった。

　有賀は上着を脱いだ。ポケットの中にあったベン・ライルの亡骸の入ったビニール袋を、腰のベルトに括りつける。上着をナイフで裂いて何本かの紐を作り、それを手探りで繋《つな》ぎ合わせて一本のロープに仕上げた。闇の中の作業なのでかなり手間取ったが、なんとか使えそうだ。その一端をジャックの首輪に結び、反対側を自分の手首に結んだ。

　有賀は近くの鍾乳洞で体を支えながら、ゆっくりと立ち上がった。長い間座っていたために、足が痺《しび》れていた。

「よし。いいぞ、ジャック。行け……」

　その声を待っていたかのように、ジャックが歩きはじめた。

　有賀の心に、一抹の希望が芽生えた。ジャックが出口を見つけたのかもしれない。だが逆に考えれば、これが最後のチャンスになるだろう。

　どのくらい進んだろうか。

　闇の中を無我夢中で行き来するうちに、すでに一時間以上が経過していた。鍾乳洞は相変わらず入り組んでいた。立って歩けるほど広い場所はほとんどない。ジャックは通り抜けられても、有賀には抜けられないような狭い割れ目もある。

泳がなければ渡れないような深い地下水の川もあった。数キロは進んだように思えても、実際には数百メートルにすぎないのかもしれない。だがジャックは、何か目的を持ちながら明らかに一定の方向に向かっている。

ジャックは時折立ち止まり、嗅覚《きゅうかく》を使って道を探した。有賀が休めるのはその間だけだ。そして目指す方向がわかると、自信ありげに声を出し、有賀を引いていく。その力は、頼もしいほどに力強かった。

有賀は疲れていた。空腹と精神的な圧迫感が、必要以上に体力を蝕《むしば》んでいた。だがジャックの存在に助けられ、かろうじて気力だけは保っていられた。

しばらくして有賀は、奇妙なことに気がついた。なんとなく、周囲の気温が高くなったような気がした……。

最初は錯覚だと思っていた。喉《のど》が渇くのも、体に汗が滲み出るのも、体を動かしているためだと考えていた。だが狭い割れ目を抜け、それまでより多少広い場所に出た時、有賀は自らの感覚が思いすごしではないことに気が付いた。

気温が高くなっているだけではなかった。もうひとつ、この鍾乳洞に入ってから初めて味わう新鮮な感触があった。

大気が動いていた。つまり、風があった……。

有賀はジャックと共に、その風に向かって進んだ。周囲には立って歩けるだけの広さがあった。自然と足が速まった。

そして有賀は、ついに決定的なものを見つけた。踏みしめる足の下から、思いもよらない柔軟な反発を感じたのだ。

それは鍾乳石の冷たい硬さとは異なり、生命感にも似た温かさを伝えてきた。有賀はその場に脆き、手を触れて確かめた。

それは木であった。しかも自然の枝や丸太ではなく、人間の手によって加工された板である。板は長い年月の間に腐り、ほとんど原形を止《とど》めてはいなかったが、足元に溜《た》まる地下水の中に延々とその痕跡を残していた。

有賀は板の感触を味わいながら歩いた。

なぜそこに人工的なものが存在するのか。その理由はどうでもいい。ただ確かなのは、以前この場所に、どのような理由であれ、誰か他の人間が足を踏み入れたことがあったのだ。

そして、光があった。弱い光だった。

有賀はその光を目指して走った。ジャックも走った。

光が、有賀の視界の中で少しずつ大きくなってきた。力強く、広がってきた。

やがて手が届きそうなほどに、近くなってきた。

有賀の行く手を、いくつかの大きな陶器の壺《つぼ》が阻んだ。それを押しのけて進んだ。陶器は、その地に代々住んだ村人たちの先祖を納めた骨壺だった。だが有賀には、その意味に気づく余裕すらなかった。

鉄の扉が閉ざされていた。蝶番が朽ちて、僅《わず》かな隙間ができていた。光はそこから漏れていた。

有賀は力まかせにその扉を押し開けた。周囲の風景を見渡した。そこは安佐次の集落の裏山にある、金城家の墓地であった。

強い風が吹き荒れていた。雨が殴りつけていた。

厚い雲が流れる夜空には、月も星も出ていない。深いジャングルの先にかすかな村の火が見えるだけの、重い闇であった。

だが、有賀には、それが白昼のような明るさに感じられた。

ジャックが闇に吠《ほ》えた。

有賀も腹の底から、吼《ほ》えた。

天を仰ぐ有賀とジャックの頭上を、命の風が吹き抜けていった。

6

食卓に料理が並んでいた。

すべてスーチキ（豚バラ肉を湯がいたもの）やゴーヤチャンプル、イナムドゥチ（味噌《みそ》汁）といった沖縄の家庭料理だった。

金城真造の妻、君子が、次から次へと冷蔵庫から残り物を運んでくる。それを有賀が、片っ端から平らげていく。土間ではジャックが、山羊汁をかけた飯を貪っていた。

「すると何かね。うちのタンメー（老人）もやっぱり……」

無心に飯を食い続ける有賀に、金城が言った。

「おそらくね……」

そう言って有賀は、永子の膝元に置かれているベン・ライルの亡骸に目をやった。そしてまた、忙《せわ》しなく箸《はし》を動かしはじめた。

気丈な永子も、さすがに目に涙をためていた。それを気遣うように、コリンとフランクが両側に座って永子を見守っている。

やがて有賀は食べ疲れたように箸を置いた。泡盛の満たされたグラスを手にし、それを一気に喉に流し込み、溜息をつく。

「これからどうするつもりなんだ？」

待っていたかのように、コリンが口を開いた。

「おれたちが決める問題じゃない。米軍と村人の問題さ。おれたちはただ、力を貸すだけだ」

有賀のその言葉に、金城が黙って頷《うなず》いた。

「おれも力を貸そう。どうせそれほど広くない洞窟なんだろう。投げ縄を使えば簡単さ」

フランクが言った。

「そううまくはいかないかもしれない。広くないからこそ面倒なんだ。投げ縄どころか、満足に人間が歩き回れるほどのスペースもないんだぜ」

確かに鍾乳洞は広くはない。あらためて地図を調べてみると、安佐次川源流の近くにあった入口から金城家の墓まで、直線距離で二キロ弱しかなかった。多少は遠回りをしていたとしても、四日間もかけて、有賀はそれだけの距離しか移動していなかったことになる。

しかも洞窟は迷路のように入り組んでいる。その中で相手を追い詰めることは難しい。事実、有賀は、初日に一度出くわしただけで後の三日間は相手の気配さえ感じなかった。

ましてて相手は、狭い場所を苦にしない大蛇である。たとえ運よく出会ったとしても、機動力は人間よりもはるかに上だ。投げ縄で簡単に捕えられるとは思えない。

だからといって、洞窟の外で探し出すことはそれ以上に困難だった。アミメニシキヘビの行動半径はそれほど広くはないが、一定の場所から動かないわけではない。今回の事件のデータを集めてみても、安佐次川、村、泉、鍾乳洞と、まさに神出鬼没だ。そしてそれらの点を結ぶ面の部分は、ほとんどが鬱蒼《うっそう》としたジャングルに覆われている。

「五日後にタントウイ（種蒔《ま》き儀礼行事）の村祭りがある。それが終わったらタンメーの葬儀をやりたいと思ってる。そこに奴の首を供えたい。手を貸してくれるかね」

金城が言った。

有賀はその言葉を英語に訳し、コリンとフランクに伝えた。もちろん、全員に異存はなかった。特に永子にとっては、自分自身の問題でもあった。

「しかし厄介な相手だぜ。山狩りをしたってどうにもならない。一週間やそこらじゃ決着はつかないと思うがね」

コリンが言った。

「やはりポイントは鍾乳洞だろうな」

有賀は一応鍾乳洞について、金城に尋ねてみた。だが金城は、自分の家の墓がそのような洞窟に通じていることさえ知らなかった。

確かに戦時中は、墓を防空壕《ごう》に使っていたという話は聞いたことはあった。子供の頃には、タンメーと一緒に中に入ったような記憶もある。金城が鍾乳洞について知っていることはその程度のものだった。

だが有賀には、ちょっとした考えがあった。奴が鍾乳洞を棲み家にしていることは事実だろう。そして度重なる村への出没を考えると、鍾乳洞を通路に使って行き来している可能性が高い。もし地上だけを行動しているならば、冬季に村の家畜を襲うことは不可能だ。

そしてもし鍾乳洞の出入口が有賀の発見した二カ所に限定されるならば、奴の行動をある程度は把握できる。入口か、出口か。少なくとも罠《わな》を仕掛ける条件は揃っている。

「意外に簡単にいくかもしれないぜ」

そう前置きして、有賀はその場にいる全員に自分の考えを説明した。

「おれは何をやればいいんだ」

フランクが訊いた。

「とりあえず軍に報告してくれ。ベン・ライルの亡骸も預ける」

「どういうことだ？」

コリンが口をはさんだ。

「まあ聞けよ。泉のことも、あそこにベンのピックアップがあることも、すべて教えてやるのさ。しかし鍾乳洞は演習地の外にあるんだから、迂闊《うかつ》に手出しはしないと思うがね。そしてベンの亡骸も、あの泉で発見されたことにすればいい。そうなれば軍がどのように動くか、想像できるだろう」

有賀がそう言って、笑いを浮かべた。

「なるほど……」

コリンが頷いた。

「つまり種を蒔いたつけを払ってもらうわけさ。あとはフランク、あんたが協力してくれるかどうかだ」

「おれは別に嘘《うそ》をつくわけじゃない。軍には事実を報告するだけだ。ベンの亡骸だって発見者が泉にあったと言うんだから、確かなんだろう」

そう言ってフランクは片目を閉じた。

「私にも何かやらせて。黙って見ているのはいやだわ」

永子が言った。

「わかっている。いろいろとやってもらうつもりだ。そして最後は金城さん、あなた方にまかせる」

金城が頷いた。

「これで話は決まったな」

金城の妻が、泡盛を注いで回った。

グラスが、静かに合わさった。

7

一〇月も半ばを過ぎると、沖縄にも秋の気配が忍び寄ってきた。

日中はまだ真夏のように暑いが、朝夕には肌寒さを感じるほどに冷え込む日もあった。

この年最後の台風が通り過ぎ、空は紺碧《こんぺき》に澄み渡った。山々は実りの時期を迎え、豊かな生命感をたたえている。一年の内で、沖縄が最も過ごしやすい季節でもある。

有賀は丘の上に腰を下ろし、風景を眺めていた。その傍らに、コリンとフランクの姿もある。三人は冷えたバドワイザーを片手に、穏やかな午後の日差しと風の感触を楽しんでいた。

眼下に、静かな泉が見えた。その後方に、ジャングルを醜《みにく》く剝《は》ぎ取った、演習地という名の荒野が広がっている。この数年、無用の空白として放置されてきた土地である。だがいまは無数の軍用車がその中を走り回り、濃緑色の軍服を着た兵士が蟻《あり》のように蠢《うごめ》いていた。

対外的には、おそらく通常の演習ということになっているのだろう。だが実態は、ベン・ライルの事件を解決するための作戦に他ならない。軍が、フランクの報告によって、有賀の思惑《おもわく》どおりに動きだしたのだ。

だが何百人もの兵士を動員し、日夜の区別なく山狩りを行なっても、彼らの目的が達成されることはない。演習地内が騒がしくなれば、大蛇は簡単に包囲網を搔《か》い潜《くぐ》り、脱出するだろう。そして自分が最も安全な場所、つまり鍾乳洞に身を隠す。それが有賀の狙《ねら》いだった。

コリンは赤外線探知機のモニターを前にして、その動きに見入っていた。米軍がアンブッシュ（待ち伏せ）を行なう時に、敵の動きを知るために仕掛ける装置である。

フランクが基地内から持ち出してきたものだ。ベトナム戦争当時に開発されたものだが、最近でも湾岸戦争の折、夜間戦闘用に投入されている。通常は地雷などと連動させるが、もちろん今回は探知装置単体で使用している。

そのセンサー部は、有賀たちのいる丘からさほど離れていない鍾乳洞の入口に設置されていた。センサーの前を大蛇が通過すれば、モニターに反応が現れる。あとはのんびりとその瞬間を待てばいい。

探知装置はもう一台用意され、そちらの方のセンサーは安佐次の村の金城の墓の内部に設置した。モニターは永子が、金城の家で見守っている。この日、村ではタントウイの祭りが行なわれ、その囃子《はやし》は周囲のジャングルまで響き渡っていた。もし大蛇が現在鍾乳洞にいるとしても、村の側に姿を現す可能性は低い。

「懐かしい風景だな……」

演習地内をぼんやりと眺めながら、フランクが呟《つぶや》いた。

「どうしてだ？」

有賀が訊いた。

「おれの生まれた牧場に、なんとなく似てるのさ。テキサスとはいっても、ウチトフォールスから北へ行ったところでね。オクラホマとの州境の近くさ。知ってるかい」

「ああ知ってるよ。レッドリバーの支流で釣りをしたことがある」

「ちょうどこんな感じの丘や泉もあった。小さなクリークも流れていて、そこでおれもよく釣りをしたよ。こうやっていると、まるで軍のトラックが牛の群れに見えてくる」

「テキサスの中じゃ緑の多いところだよな」

「そうさ。砂漠なんかじゃない。美しい森や草原がある。おれが子供の頃には、まだクーガーが棲んでたんだ。子牛が殺《や》られてね。うちの牧童が仕留めてきたのを見たことがある。それ以来、一度もクーガーの噂《うわさ》を聞いたことがない。あれがあの辺りの最後の一頭だったのかもしれないな……」

かつてクーガー（アメリカライオン）はカナダから中南米まで、アメリカ大陸のどこにでも棲んでいる普通種だった。だが家畜を襲うという理由で、一九一〇年から七〇年にかけて五万頭以上が虐殺された。現在では全米各地で絶滅し、ロッキー山脈とフロリダの一部にごく少数が残っているだけだ。

フランクは自分が子供の時に見たクーガーの姿に、今回の大蛇の運命を重ねていた。どちらも、人間の敵である。戦い、そして殺すべきであるとは思う。子供の頃から、軍隊に入り今日に至るまで、フランクは常にそう教えられてきた。そう信じてきた。だがいまになって、心に小さな疑問が生じている。

なぜそんなことを考えるようになったのか。フランクには何となくその理由がわかっていた。

有賀に会ったからである。この仲間と付き合うようになってから、いつの間にか自分の本質の中に変化が生じたような気がしている。特に有賀という男は、不思議な匂《にお》いを持っていた。まるで野生動物のように、いつも自分に忠実に生きているように見える。

この一件が片づいたら、軍を除隊しようか……。

有賀といると、フランクはいつもそんなことを考える。

平穏な時が流れた。

フランクの持つ軍のトランシーバーから、絶え間なく、声が流れてくる。どうやら軍は、大蛇を〝リトル・ウォーリー〟というコードネームで呼んでいるらしい。だがリトル・ウォーリーは、まだ見つかっていない。

いつしか太陽は西に傾き、辺りは黄昏《たそがれ》に染まり始めた。演習地の中の部隊は、今夜はここでキャンプを張るようだ。トラックからテントなどの野営用の装備が運び出されている。

「奴が来たらしいぜ」

突然、コリンが言った。

有賀とフランクがモニターを覗き込む。たしかに、奴だ。かなり大きな物体が、入口から鍾乳洞の中に向かってゆっくりと移動していた。

三人は頷き、親指を立てた。

有賀がトランシーバーの周波数を変え、村で待つ永子に連絡を入れた。

「〝奴〟が罠に掛かった。こちらも行動を開始する。村人にも伝えてくれ」

――了解――

荷物をまとめ、鍾乳洞の入口に向かった。入口は、三人がいた丘から岩山をひとつ越えた反対側にある。距離は二〇〇メートルも離れていない。

巨大な岩盤の下に隠れるようにして、地表に小さな割れ目がある。有賀はその前に立ち、背からリュックを降ろした。中には一ダースの煙幕弾が入っていた。三人はそれに次々と火を点け、手早く中に投げ込んだ。

割れ目から、赤い煙が立ち上る。その上にビニールシートを被せ、近くにある岩や倒木を載せて固定した。さらに用意してあったスコップで、土を被せた。

これで大蛇は、一方の退路を断たれたことになる。鍾乳洞の中がどうなっているかは想像するまでもない。奴は慌てているだろう。煙から逃れるためには、鍾乳洞の奥へと下るしか方法はない。

「それにしても皮肉だな。海兵隊の装備が、沖縄の人々のために役立っている」

そう言って、フランクが笑った。

「そんなことが一度くらいあってもいいだろう。元来軍隊とは、市民の生活を守るために存在するんだ。理想的な使用方法だよ」

コリンが言った。

「それより急ごう。そろそろハブが活動する時間だぜ」

三人はそれぞれの思いを胸に、山を下りはじめた。

このまま奴は、日秀上人に退治された大蛇のように、洞窟内に永久に閉じ込められてしまうのだろうか。それとも地上に通じる出入口が他にいくつかあり、そこから逃げのびることができるのだろうか。もし金城家の墓に通じる穴が唯一の出口だとするならば、そこに姿を現す可能性が最も高い。

いずれにせよ運命の鍵を握るのは、奴自身だ。奴にもまだ、生き残る道は残されている。戦う術も残されている。

空には星が輝きはじめた。村に着く前に、辺りは闇に包まれるだろう。

風に乗って、村から宴の囃子《はやし》が流れてきた。

8

数日後――。

有賀たち一行は、安佐次の海保義正の家に詰めていた。

金城真造の一家をはじめ、村の上手に位置する何軒かの家々の家族は、村内の他の家などに避難している。

村の家畜に最後の被害があったのは、一〇月初旬である。それからすでに二週間以上が経過していた。もしその間、奴が他で餌を捕っていないとすれば、そろそろ腹をすかしている頃だ。そうなると、家畜よりも人間の安全を第一に考える必要があった。

アミメニシキヘビは、基本的には夜行性だ。鍾乳洞を抜け、金城家の墓に姿を現すとすれば、日没から夜明けまでの間の可能性が高い。だが、だからといって日中は安全だとは限らない。鍾乳洞の出口に設置された赤外線探知機のモニターは、コリンや永子、村人たちによって二四時間体制で見張られていた。

村内を出歩く時は、単独行動を避けることを申し合わせていた。特に女や子供には、必ず男が帯同することになっている。村は、ちょっとした警戒体制の様相だった。

村人は意気軒昂《けんこう》だった。不安の中にも緊張感を忘れることなく、熱い血をたぎらせていた。琉球人は、元来が温和な民族である。だがいざという時には、誰もが身を挺《てい》して戦うだけの気骨を持っていた。

海保義正の家の八畳間が、彼らの作戦本部のようになっていた。赤外線探知機のモニターを中心に、絶えず数人の村人がたむろしていた。祖父を失った金城真造は、中でもひときわ闘志を燃やしている。家から祖父の形見の軍刀を持ち出し、それを絶えず傍らにたずさえて離さない。

その中に、フランク・ガードナーの姿もあった。米海兵隊の軍人という理由で最初は村人たちから怪訝《けげん》な目で見られていたが、フランクはそれをまったく気にしなかった。

いまでは持ち前の明るさを発揮し、完全に村人たちに打ち解けている。覚えたばかりのウチナーグチ（琉球語）を口にし、皆を笑わす。村人が食べるものは何でも食べた。いつの間にかフランクは、村の人気者になっていた。

フランクは暇を見つけては子供たちを集め、庭で投げ縄を教えてやっていた。テキサスの牧場で育っただけあって、その腕前は見事だった。もし機会に恵まれれば、大蛇と戦ううえでも強力な手段となるだろう。

有賀にとって唯一気がかりな存在は、永子だった。だがその心配をよそに、永子は以前の明るさを取り戻しているように見えた。ベン・ライルの死が確認されたことによって、かえって気持ちがふっ切れたのだろうか。多くを語ることはなく、一人で考え込む姿を見かけることはあったが、人前で笑顔を絶やすことはなかった。

ある日の午後、有賀は永子と共にジープで金武町に出た。町の獣医に預けてあるジャックを見舞うためだった。

ジャックは狭いケージに閉じ込められて、ふてくされていた。元気はあるのだが、右前肢と肋骨《ろっこつ》を何本か骨折している。あと数日は入院が必要であるとのことだった。

だがそれは、有賀にとっても都合がいい。いまジャックを連れ帰れば、トラブルの元になりかねない。鍾乳洞の中で、大蛇はジャックの攻撃を受けている。もしジャックの気配を感じとれば、姿を現さないだろう。

帰り道、永子はやはりほとんど話をしなかった。ラジオから流れてくる音楽の英語の歌詞を、ただ何気なく口ずさんでいた。

その表情はいつになく明るく、屈託がなかった。だが反面どこかぎこちなく、水に映る風景のように揺らいでいた。

そして呟くように、言った。

「もうすぐ終わるわね。すべて……」

運転席を吹き抜ける風に、かき消されてしまいそうな声だった。

有賀はその言葉を、以前にも聞いたことを思い出した。安佐次の浜で星を見ながら、永子はやはり同じ言葉を口にした。その時の静かな波の音と永子の声が、有賀の耳に蘇《よみがえ》ってきた。

永子が何を言いたいのか、有賀にはわかっていた。もうすぐすべてが終わる。そしてそれは、有賀とコリンが沖縄の地を去る時でもある。

だが有賀は、何も言わなかった。

ただ黙って、夕日に光るアスファルトの路面を眺めていた。

9

その瞬間は唐突に訪れた。

夕食が終わり、女たちがその後片づけに立ち働いている時だった。

男たちはいつものように泡盛を回し飲み、静かなひと時を過ごしていた。

それまで一人モニターに見入っていたコリンが突然、声を出した。

「ビンゴ！」

一瞬、話し声や笑い声がおさまり、場が静まった。

「どうした？」

有賀が訊いた。

「奴が来たらしい」

有賀がモニターを覗き込む。画面が不規則に反応している。その上にある赤いランプが点滅を繰り返していた。

「よし、行こう」

それを合図に、男たちの全員が立ち上がった。

赤外線探知機のセンサーは、洞窟の奥の狭い通路に設置してあった。そこから洞窟は広くなり、過去に防空壕として使われた〝部屋〟を通って出口の墓に続いている。

その間、約五〇メートル。奴は早ければ五分以内に出口に到達するだろう。

沖縄の墓は、本土のものとはかなり様相を異にしている。通常は山の斜面などに横穴が掘られ、石組みやコンクリートで石室が作られる。さらに入口は青銅や鉄の扉によって閉ざされ、内部は人間が立って出入りできるほど広い。特に大きなものは、一見して神殿のように勇壮である。

墓の巨大な扉が、トーチの光の中に浮かび上がった。ジャングルの中に、扉を取り囲むようにして数人の影が立った。

扉は閉ざされている。有賀と金城が歩み寄り、その鉄の重い扉を引いた。きしむような音が闇の中に響き、ゆっくりと扉が開いた。

内部が光に照らし出される。苔《こけ》むした石組みの石室の奥に、洞窟の深い闇が口を開けていた。壁際には、彫刻をほどこされた骨壺が並んでいる。どれも子供の背丈ほどの大きさがあった。

だが、大蛇の姿は見えなかった。

「とにかく中に入ろう。また奥に引き返されると面倒だ」

有賀が腰のハンティング・ナイフを抜き、石室に足を踏み入れた。

「待って。私はどうしたらいい？」

永子が言った。

「ここに残れ。フランク、君もこの場所で待っていてくれ。中で仕留められなかったら、ここに追い出す。洞窟の中じゃ投げ縄は使えないだろう」

「ＯＫ。まかせてくれ」

「おれもここに残っていようか。武器も持ってないし……」

首に下げたニコンＦ２を指して、コリンが言った。

「フォトグラファーは常に最前線にいるもんだぜ。ついてこいよ」

言うが早いか、有賀は洞窟の中に走り込んだ。その後に金城、海保ら数人の村人が続いた。

「やれやれ。おれは戦争フォトグラファーじゃないんだぜ……」

最後尾から、コリンが渋々ついていった。

ジャングルの中に永子とフランクだけが残った。洞窟からは、有賀や村人たちの声や足音が聞こえてくる。音は次第に遠ざかり、やがて潮が引くように聞こえなくなった。

フランクがTシャツの袖の中からマールボロを取り出し、ジッポーのライターで火を点けた。

風が吹き、樹木が音をたてて揺れた。その影が、忍び寄る大蛇の姿に見えた。だが永子の心には、不思議と不安はなかった。

その時永子は、フランク・ガードナーという男の本質が少し理解できたような気がした。フランクは、ただ単に強い男にすぎないのだ。それ以上の存在でも、以下の存在でもない。そしてあらゆる強い男の常であるように、近くにいる者に独特の安堵《あんど》感をもたらす術を心得ている。〝白人の米兵〟という固定観念に縛られた蟠《わだかま》りは、すでに過去のものとなっていた。

一行は洞窟を足早に進んでいた。

有賀とコリン、そして屈強な村の男が四人。計六人の布陣だった。有賀を含む全員が、行動しやすいように頭にヘッド・ランプ式のトーチを付けている。

岩の割れ目、鍾乳石の陰、そして洞窟内に点々と広がる地下水の水面下。有賀は先を急ぎながらも、周囲の状況に細心の注意を配りながら進んだ。

大蛇は全長九メートル、胴囲一メートルという巨体である。だがその柔軟な体と擬態《ぎたい》の技を利して、苦もなく人間の目をあざむく。しかも数人の人間の気配を察して、いまはなおのこと懸命に身を隠そうとしているはずだ。それほど広くない洞窟の中とはいえ、見つけるのは容易ではない。

間もなく、急に洞窟が広くなった。戦時中に防空壕として使われていた〝部屋〟だ。この部分は長さ約一五メートル。高さは最大で五メートルはある。

初めて有賀がここを通り、出口に向かった時には、完全な闇の中で周囲の地形の感覚はなかった。それをあらためて目の当たりにすると、同じ場所であることが信じられないほど広い。

しかも無数の鍾乳石が入り組み、複雑な立体空間を形成していた。古い家具や、材木も散乱している。全長九メートル以上の大蛇が身を隠す場所は、いくらでもある。

ここで二手に分かれることになった。コリンと金城を含む四人がこの場に残り、〝部屋〟の中を捜索する。有賀は村人の中で最も身軽な海保と共に、さらに奥へと向かった。

〝部屋〟を過ぎると、洞窟はまた狭くなった。曲がりくねり、上り下りを繰り返しながら奥へと続いている。

有賀は低い天井に気を配りながら、慎重に足を運んだ。体の前で、常にハンティング・ナイフを構えていた。

「また奥の方に戻っちまったんだろうか……」

後から海保が声を掛けた。

「そうかもしれないな。これだけの人数の気配を感じれば、逃げたとしても不思議はない……」

「ならば閉じ込めちまうか。セメントで洞窟に蓋《ふた》しちまえば簡単だぜ」

「そうだな……」

確かにそれも悪くはない。日秀上人の伝説と同じ結末だ。殺してしまうより気がきいている。

だがこの洞窟が地上に通じている出口が、有賀の知っている二カ所だけだという保証はない。もし他にも出口があれば、すべてが振り出しに戻ってしまうことになる。

しばらくして洞窟は岩盤に行く手を阻まれた。その上に人間がやっと通れるほどの割れ目があり、赤外線探知機のセンサーが仕掛けてある。ここから先は、人間が登っていくことは難しい。もし仮に可能だとしても、危険は覚悟しなければならない。

「だめだな。戻ろう」

割れ目を覗き込みながら、有賀が言った。

「もう少し奥まで行ってみようぜ。おれなら登れそうだ」

「やめた方がいい。危険だ」

だが有賀のその言葉を待つことなく、海保は持っていたロープの一端を腰に結んだ。

「心配ねえよ。ここで待っててくれ」

海保は岩盤に飛び乗り、岩の割れ目へ体を滑り込ませた。

金城真造は注意深く古い戸板を持ち上げた。その下に何もいないことを確かめ、安堵の息をもらした。

左手に、二尺二寸の軍刀を携えている。もし奴に出会えば、その場で切り倒す覚悟だった。できることなら、自分が最初に発見したい。そして失踪した祖父が遺したこの軍刀で、決着をつけたかった。

金城は、元来が穏やかな性格だった。少年時代から、どちらかといえば臆病《おくびょう》ですらあった。だがいまは、恐怖を忘れていた。

心が高ぶっていた。神経が研ぎ澄まされていた。そして自分でも信じられないほど、肝が据わっていた。

金城と対照的なのが、コリン・グリストだった。彼は〝部屋〟の中の最も出口に近い場所に立ち、そこを動くことなく、他の村人たちが捜索するのを見守っていた。

だが、しばらく時間がたつうちに、多少は落ち着きを取り戻してきた。奴はおそらくここにはいないだろう。人の気配に気づいて鍾乳洞の奥へと逃げ込んだはずだ。そう思うと、少し気持ちが楽になった。

周囲には、見事な鍾乳石が林立していた。その一本一本が、数万年もの時の流れを経て形作られた自然の芸術である。コリンの心に、少しずつその美しさを楽しもうとする余裕が生じてきた。

そして古い防空壕の跡がある。朽ちかけた家具や材木の梁《はり》は、ここに住む人たちにとっては単なる過去の遺物にすぎないのかもしれない。だが初めてこの沖縄を訪れたコリンにとっては、また特別な感慨があった。

遠い過去の風景が想い浮かぶ。暗い鍾乳洞の中に身を隠し、艦砲射撃に耳をふさぐ村人たちの姿が見えてくるような気がした。

鍾乳洞と防空壕。自然と人工。過去と現在。その相反する要素の作り出す不均衡な風景に、いつしかコリンは心を奪われていた。

カメラを構え、シャッターを切った。

その瞬間、コリンはファインダーの中の風景に、背筋に悪寒が走るような違和感を覚えた。ストロボの一瞬の光が、周囲の物質とはまったく異質の何かを捉《とら》えたような気がした。

コリンはカメラを下ろし、その辺りを肉眼で確かめた。

だが、何もない。ただトーチの弱い光の中に、無数の鍾乳石が立ち並んでいるだけだ。

錯覚だったのだろうか。いや、確かに何かが見えた気がする……。

闇の中に、自らの心臓の高鳴りだけが響いていた。巨大な鍾乳石が、生き物のように見えてきた。

突然、その中の一本が動いた。

「ウワァー！」

言葉にならない叫びを発し、コリンは転がるように逃げ出した。瞬間、大蛇は息吹を放ち、その後を追った。

地面を這いながら、コリンは後方を振り返った。見上げるような高さから、大蛇の頭が襲いかかってきた。

コリンの声を聞きつけて、金城が走り寄ってきた。右手に抜き身の軍刀を握っていた。

大蛇がその気配に振り返った。

金城が渾身《こんしん》の力を込めて、軍刀を振り下ろした。

だがその一撃は、鍾乳石に阻まれた。

大蛇の鎌首《かまくび》が空を切り、その口が金城の顔面を捉えた。

体に巻きつく大蛇と共に、金城は地下水の溜まりに倒れた。

何も見えない。全身から力が抜けていく。それでも金城は、右手で闇雲に軍刀を振り続けた。

洞窟の奥から、海保が戻ってきた。

岩盤の上から身軽に降り立ち、肩で息をしながら腰のロープを外した。

「どうだった？」

有賀が訊いた。その言葉に、海保が首を横に振った。

「だめだな。しばらく行ったところで、穴がいくつにも分かれちまってる。もしその先にいるとしたら、見つかりゃしねえよ」

そう言って海保は大きな溜息をもらした。

その時有賀は、人の声を聞いたような気がした。出口の方角だ。

「何か聞こえなかったか」

「悲鳴、だな……」

海保の言葉と同時に、二人は走った。おそらく例の防空壕の辺りだ。奴が、出たのか――。

間もなく防空壕に出た。だが、静まりかえっていた。〝部屋〟の片隅で、トーチの弱い光が揺らいでいるだけだ。

その先に向かって、有賀と海保がかけ寄った。そこに、顔面を血に染めた金城が倒れていた。川平《かびら》という若者が、その肩を支えていた。

「どうしたんだ。何があった?」

「奴が出たんだ。やられちまったよ……」

金城が、上半身を起こしながら言った。

「だいじょうぶか」

「ああ……。奴に毒はないんだろう……」

「毒はないが、鼠咬症《そこうしょう》が心配だな。それで、奴はどうした?」

「出口に向かって逃げてったよ。コリンも後を追っていった……」

「コリンさんが、金城さんを助けてくれたんです。奴の目の前でストロボを光らせて……」

川平はそう言いながら、体を震わせていた。

「わかった。金城さんのこと、頼んだぜ」

有賀は川平にそう言い残すと、海保と共に出口に向かった。

洞窟では大蛇が悪鬼のごとく荒れ狂っていた。

その姿は正に竜そのものだった。

巨大な体からは想像できないような速度で、疾走する。時折、後方から追いすがるコリンと村人を振り返り、威嚇した。その攻撃は素早く、正確で、かつ大胆だった。

迂闊に近づくことすらできない。ある程度の間合いを保ちながら、追っていくだけでせいいっぱいだ。それでもコリンは、懸命にシャッターを切り続けた。

そこに、有賀と海保が追いついた。

有賀は頭上にハンティング・ナイフをかざし、大蛇に躍りかかった。

大蛇の攻撃を、左腕で受けた。

そのまま右手のナイフを、大蛇の首に深々と突き刺した。

大木のような体が、烈火のごとくのたうった。その圧倒的な力を受けて、有賀の体が岩盤に叩きつけられた。

大蛇は首にナイフを立てたまま、出口へと向かった。

「来たらしいな……」

フランク・ガードナーは、それまで座っていた倒木の上から腰を上げた。両手でロープをたぐりながら、輪の大きさを調整する。

「下がってろ。危険だ」

脇に立つ永子に言った。双眸《そうぼう》に、猛牛のような闘争心を秘めていた。その有無を言わさぬ威信に、永子は黙って数歩引き下がった。

洞窟の前に立ち、呼吸を整えた。闇の中から、かすかな人の足音と、叫び声が聞こえてくる。

いや、それだけではない。とてつもなく大きな〝何か〟が向かってくる気配がある。総毛立つ威圧感が、フランクの全身を刺し貫く。

もう、そこまで来ている。間もなく奴は、姿を現す。フランクは右手に握ったロープの輪を、ゆっくりと頭上で回しはじめた。

出た!

凶暴な肉の鞭《むち》が、悍馬《かんば》のごとく闇に舞った。

フランクがロープを放った。ロープは闇の中で白い弧を描き、大蛇の首を捉えた。

大蛇が反転した。フランクが全体重をかけ、ロープを引き絞った。だが大蛇は倒れながら、フランクの巨体を苦にすることもなく、力まかせに引き倒した。

フランクはロープを右腕にからめた。大蛇はフランクを引き摺りながら、ジャングルを突進した。

永子がロープを摑み、引いた。それでも大蛇の動きは止まらない。

洞窟の中から、有賀、コリン、海保らが走り出てきた。大蛇に引き回されるフランクと永子を追い、次々とロープにすがりついた。

突然、大蛇が身をひるがえした。

下生えの中に倒れ込む有賀らの上に、凶暴な一撃を振り下ろした。

フランクがそれを、両手で受けた。満身の力を込めて、喉を締め上げる。大蛇の巨体が、フランクの体にからみついた。

だめだ……。

その時初めて、フランクの心に恐怖が芽生えた。いままで力では誰にも負けたことがない。牛さえも、ねじ伏せる自信があった。だがこいつには、自分の腕力が通用しない……。

枯れ木が折れるような音がして、フランクの肋骨が砕けた。

大蛇の首に刺さっているナイフを有賀が引き抜き、それを頭部に突き立てた。

海保は持っていたナタを抜き、大蛇の胴に叩きつけた。

大蛇がフランクの体を離した。再びジャングルを突進した。そしてガジュマルの一本の大木にその身をからませ、動かなくなった。

全員が、ロープを引いた。だが大蛇は、なお強い力で大木にしがみついた。

ナイフを突き立てられた頭部と首だけが、水平に宙に浮いていた。

トーチの光に照らし出されたその巨体は、正に満身創痍《そうい》だった。

以前、有賀やコリンが洞窟に投げ入れた煙幕弾によるものなのか、全身の至るところが焼けただれていた。頭部や首、そして金城や海保によって受けた刃傷からは、漆黒の血が滴《したた》っていた。

アミメニシキヘビの持つ本来の美しさは、すでに消え失せていた。その姿はただひたすらに醜く、威厳も生命感も失い、哀れですらあった。

洞窟の中から、金城が戻ってきた。川平に肩を借り、足を引き摺っている。

それまで倒れていたフランクも、起き上がった。額から汗が滴り、肋骨を押さえながら木に寄りかかっている。

金城が軍刀で体を支えながら、大蛇の首の前に立った。さやを捨て去り、刀身を頭上に構えた。

永子が、有賀の胸に顔を伏せた。

白刃が振り下ろされた。

大蛇の頭が、ロープと共に地に落ちた。

それでもまだ、大蛇は大木にからみついていた。頭を失ったことすら気がつかぬようにその身をくねらせ、ゆっくりとガジュマルの大木を昇りはじめた。どこまでも昇っていく。

竜が天に帰るように、昇り続ける。

やがて梢《こずえ》の葉の陰に紛れ、闇に姿を消した。

10

すべては終わった。

翌日、有賀は竜の消えたガジュマルの大木に上ってみた。だが、竜は見つからなかった。

その後も村人たちが総動員され、ジャングル、安佐次川、洞窟の中、考えられるあらゆる場所が捜索された。だが竜の屍体《したい》は、ついに発見できなかった。

以前、有賀らが埋めた丘の上の洞窟の入口も掘り起こされ、内部が調べられた。もちろんそこにも竜の屍体はなかった。だが、おびただしい数の家畜の遺骸の中から、ジャックが金城老人のものを見つけ出した。

竜の頭は、しばらく村の祠《ほこら》に祀《まつ》られていた。だがそれも、ある日忽然《こつぜん》と消えてしまった。

何者かが持ち去ったのか。それとも野良犬が銜《くわ》えていってしまったのか。その行方を知る者は誰もいなかった。村人たちは、天に昇った竜が地上に忘れた頭を取りに戻ったのだと、口々に噂した。

竜との戦いによって傷を受けた金城真造とフランク・ガードナーは、それほどの深手ではなかった。以後は家畜の被害も治まり、村は元の平穏を取り戻した。

有賀とコリンは、間もなく安佐次の廃屋を引き払い、金武町の永子の実家に身を寄せた。ある日そこに傷の癒《い》えたフランクが、例のごとくジャックダニエルを片手に訪ねてきた。それを最も喜んだのは、永子だった。

フランクが軍から得てきた情報から、いくつかの新しい事実が明らかになった。軍の上層部は、今回の事件の発端を一年以上も前から知っていたらしい。

当初は大事には至るまいという判断から、しばらくは放置されていた。ところが今年の七月になって、ベン・ライルの失踪という事件が起きた。軍は慌てた。いまさら事を公《おおやけ》にするには、すでに機を逸していた。

ミラー大尉が二匹のアミメニシキヘビを放ったのは、安佐次川上流の山地だった。ベン・ライルのボートが発見されたのも、安佐次川である。そのために数キロ離れた軍用地に目を向けることもなく、川を中心に極秘に調査が行なわれた。間もなく小さな雌が発見され、射殺されたが、演習地内に逃げ込んだ雄の行方を掴むことはできなかった。

ベン・ライルの事件に関するフランクの報告書に、ミラー大尉がクレームをつけたこともこれで納得できる。〝失踪〟ではなく、〝脱走〟という回答を期待していたに違いない。失踪であれば、いずれはその原因が追及され、大蛇の存在が明らかになる可能性を恐れたのだろう。

ところが再調査を命じられたフランクは、ミラー大尉の期待を大きく裏切ることになった。脱走どころか、事もあろうにクチフラチャなどという伝説の竜を持ち出してきたのである。結果的にその報告書が、軍の対応とミラー大尉の立場をより複雑なものにしてしまったことになる。

フランクがその大役を担ったのも、MPとしての能力を評価されたからではなかった。むしろ単純で、コントロールしやすい男と見下されていたからに他ならない。ところがそのフランクが、皮肉なことにミラー大尉をより窮地に追い込むことになってしまった。

安佐次の村人によって大蛇が退治されたことを、フランクは軍に報告した。その結果、演習地内の海兵隊員は、即日撤収を開始した。後に残ったのは、臨時演習が無事終了したという小さな記録だけだった。

「任期が終わったら、マリーンを除隊しようと思う……」

フランクはそう言い残して帰っていった。

コリン・グリストは写真の原稿料が入ると、ひと足先に沖縄を離れた。東京からアンカレッジに飛び、イギリスのヒースローに向かう。コリンにとって、四年振りの里帰りだった。沖縄を発《た》つ前に、那覇市内で、父母への土産を買い込んでいった。

有賀雄二郎はそれを機に、石川市内にある小さな民宿に居を移した。そこを拠点にしてしばらくの間は、午前中は原稿を執筆し、午後はジャックと共に島内を散策するという生活を送っていた。

有賀は沖縄を気に入っていた。その気候も、文化も、人々の温かさも、すべてが心地よかった。ともすればこのまま居ついてしまうのも悪くない。そう思うこともあった。

だが、ある朝いつものように目覚めた時、心の奥にかすかな変化が生じていることに気がついた。最初それは、小さな針の穴のような空白だった。空白は時と共に大きくなり、午後には心の隅々まで埋め尽くすほどにまで脹《ふく》らんでいた。

有賀は自分が沖縄を発つ時が来たことを知り、その夜の羽田空港行き最終便の予約を入れた。その後、永子に連絡を入れたが、空港で彼女の姿を見ることはできなかった。

永子は、一人で夜を過ごしていた。自分の部屋に閉じ籠り、明かりを消し、好きな音楽に心を傾けていた。

二日後、永子の元に小包が届いた。差出人は有賀雄二郎、消印は那覇になっていた。

中から、一反の織物が出てきた。

永子はその布に、確かに見覚えがあった。

それはいつか有賀と見た、宮古上布だった。

（本作品はフィクションであり、実在の個人・団体などとは一切関係がありません）

（この作品は平成二十一年四月、徳間書店より刊行された文庫版『ＲＹＵ』を著者が加筆・修正したものです）

RYU

一〇〇字書評

切り取り線

購買動機（新聞、雑誌名を記入するか、あるいは○をつけてください）

□（　　　　　　　　）の広告を見て	
□（　　　　　　　　）の書評を見て	
□ 知人のすすめで	□ タイトルに惹かれて
□ カバーが良かったから	□ 内容が面白そうだから
□ 好きな作家だから	□ 好きな分野の本だから

・最近、最も感銘を受けた作品名をお書き下さい

・あなたのお好きな作家名をお書き下さい

・その他、ご要望がありましたらお書き下さい

住所	〒				
氏名		職業		年齢	
Eメール	※携帯には配信できません	新刊情報等のメール配信を 希望する・しない			

この本の感想を、編集部までお寄せいただけたらありがたく存じます。今後の企画の参考にさせていただきます。Eメールでも結構です。

いただいた「一〇〇字書評」は、新聞・雑誌等に紹介させていただくことがあります。その場合はお礼として特製図書カードを差し上げます。

前ページの原稿用紙に書評をお書きの上、切り取り、左記までお送り下さい。宛先の住所は不要です。

なお、ご記入いただいたお名前、ご住所等は、書評紹介の事前了解、謝礼のお届けのためだけに利用し、そのほかの目的のために利用することはありません。

〒一〇一―八七〇一
祥伝社文庫編集長　坂口芳和
電話　〇三（三二六五）二〇八〇

祥伝社ホームページの「ブックレビュー」からも、書き込めます。
www.shodensha.co.jp/bookreview

祥伝社文庫

RYU《リユウ》

令和 2 年 4 月 20 日　初版第 1 刷発行

著　者　柴田哲孝《しばたてつたか》
発行者　辻　浩明
発行所　祥伝社《しょうでんしゃ》
東京都千代田区神田神保町 3-3
〒 101-8701
電話　03（3265）2081（販売部）
電話　03（3265）2080（編集部）
電話　03（3265）3622（業務部）
www.shodensha.co.jp

印刷所　萩原印刷
製本所　ナショナル製本
カバーフォーマットデザイン　芥 陽子

Printed in Japan ©2020, Tetsutaka Shibata　ISBN978-4-396-34617-1 C0193